Georg Thiel

Jud

Roman

GEORG THIEL

Jud

Roman

braumüller

Bibliografische Information der Deutschen Nationalbibliothek
Die Deutsche Nationalbibliothek verzeichnet diese Publikation in der Deutschen Nationalbibliografie; detaillierte bibliografische Daten sind im Internet über http://dnb.d-nb.de abrufbar.

1. Auflage 2018

Servitengasse 5, A-1090 Wien
www.braumueller.at

Covergrafik: Manfred Poor
Foto S. 221: ÖNB/Wien, H4920/2
Druck: FINIDR, s.r.o., Lípová 1965, 737 01 Český Těšín
ISBN 978-3-99200-199-6

Wien ist die Stadt, aus der mir
die Flucht nicht gelang.

Ruth Klüger

Manchester

Die Geschichte begann an einem Karfreitag, ich denke, es war der vierte April. Das Telefon läutete, Peter war am Apparat. Normalerweise verheißen seine Anrufe nichts Gutes. Sie werden für gewöhnlich aus einer Telefonzelle geführt, die sich gegenüber meiner Wohnung befindet, und haben die im stockenden Tonfall vorgebrachte Bitte um Geld zum Inhalt.

Diesmal verhielt es sich anders. Peter war glänzender Laune, er schien getrunken zu haben. Es müsse gefeiert werden, sagte er, Virginia sei niedergekommen und der alte Bastard von Schwiegervater habe ihm Geld geboten, wenn das Kind seinen Namen trage. Jetzt wäre Ezekiel zwar nicht gerade die erste Wahl gewesen. Genau genommen fände er Ezekiel schrecklich, und wie er das seiner Frau beibringen solle, wisse er noch nicht. Aber er habe das Geld genommen, fünfzig Pfund seien fünfzig Pfund. Er treffe sich mit Steve und George im Tommy Ducks und rechne fest mit mir.

Wir vier hatten selten Anlass zu feiern. Das Beisammensein artete zu einem Besäufnis aus, der Wirt hatte Mühe, uns aus dem Pub zu bekommen. Es wäre besser, wenn die Herren jetzt nach Hause gingen, meinte er, morgen sei auch noch ein Tag. Peter, dessen Stimmung mit dem Herannahen der Sperrstunde immer mehr ins Melancholische gekippt war, erwiderte: Nein, es sei vorbei, für ihn wäre heute das Ende aller Tage angebrochen.

„Er ist Vater geworden", erklärte George.

„Sie hat sein Leben ruiniert", ergänzte Steve.

„Sie gehen jetzt", sagte der Wirt.

An die Lokale, die wir anschließend aufsuchten, erinnere ich mich nur noch schemenhaft. Sie wurden immer plüschiger und teurer; irgendwann hat man uns nichts mehr gegeben. Kurz darauf standen wir auf der Straße und versuchten schwankend, ein Taxi anzuhalten. Die Chauffeure der ersten beiden weigerten sich, uns mitzunehmen. Erst der dritte ließ uns einsteigen. Er war farbig und begann, kaum dass ihm Peter die Adresse entgegengelallt hatte, von den Kosten zu reden, die er im Fall einer Verunreinigung des Fahrgastbereiches zu verrechnen gezwungen wäre. Er wiederholte den Betrag wieder und wieder, was George dermaßen auf die Nerven ging, dass er Kiplings *Die Bürde des Weißen Mannes* zu deklamieren begann. Der Lenker verstummte. Bei der Stelle *Eure neugefangenen, verdrossenen Völker, halb Teufel und halb Kind* geriet er in Rage, bremste scharf, wobei er etwas in seiner uns nicht geläufigen Muttersprache schrie. Als das Taxi zum Stillstand gekommen war, wechselte er ins Englische; wir sollten uns augenblicklich zum Teufel scheren. Darauf begann Steve, dessen Kopf beim Bremsmanöver gegen die Trennwand geschlagen war, zu brüllen, unflätige, nicht wiederzugebende Sätze, das Wort *Affenbrotbaum* kam darin vor. Peter, der eingenickt war und von alledem nichts mitbekommen zu haben schien, fragte, ob wir schon da wären. Er reichte mir seine Brieftasche und murmelte Unverständliches. Ihr Inhalt ernüchterte mich. Abgesehen von drei Münzen war sie leer. Ich griff nach meiner eigenen und zahlte.

Es war nicht mehr weit bis zu Peter. Steve, George und ich wollten nach Hause, aber Peter flehte uns an, ihn nicht alleine zu lassen. Er klang wie ein zum Tode Verurteilter. Wir ließen uns schließlich erweichen.

Die Wohnung befand sich in einem unbeschreiblichen Zustand.

„Wann kommt Virginia aus dem Spital?“, wollte Steve wissen. Peter sagte, er habe es aufgeschrieben, der Kalender liege am Tisch. Steve solle nachsehen, er hole inzwischen den Gin. George, der über etwas weiß Lackiertes gestolpert und der Länge nach hingefallen war, knurrte, er solle sich beeilen. Steve fand den Eintrag und verzog das Gesicht.

Peter rollte einen Teewagen ins Zimmer. Ein Tablett hätte er wohl nicht mehr gemeistert. „Wie sieht es aus?“, fragte er. „Wann findet die Hinrichtung statt?“

„Heute“, sagte Steve, „du wirst in sechs Stunden erwartet.“

„Alle Zeit der Welt.“ Peter zitterte, als er den Gin einschenkte.

George, der sich wieder aufgerappelt hatte, deutete auf die am Boden liegenden Trümmer. „Was ist das? Eine Falle für deine Frau?“

„Das“, erklärte Peter, „sind die Teile vom Kinderbett. Ich bin noch nicht dazu gekommen.“

Die Aussicht, dass Virginia in wenigen Stunden in dieses Hinterhofloch kommen würde, das so aussah, als hätten die Vandalen darin gehaust, gepaart mit der Vorstellung, dass ihr armes Kind nun mit dem durch die lächerliche Summe von Sixpence abgegoltenen Vornamen Ezekiel durchs Leben gehen musste, machte mich beklommen. Mein Zustand blieb nicht unbemerkt.

„Du siehst schlecht aus“, meinte Peter, „trink etwas.“

Er gab mir ein volles Glas. Ich wusste, dass ich eine Dummheit beging, als ich den Inhalt hinunterstürzte. Peter, Steve und George nickten anerkennend. Dann riss der Film.

*

Ich erwachte nackt im eigenen Bett, eine erstaunliche Leistung, wie mir schien. Sie relativierte sich schnell. Meine Freundin Helene stand vor mir und begann, mit klagender Stimme auf mich einzureden. Sie könne nach dem, was sich ereignet habe, nicht mehr mit mir zusammenleben, es sei eine Schande, sie werde mich verlassen. Ich bat sie, mir vorher noch Wasser und ein Schmerzmittel zu bringen.

„Steht am Nachtkästchen“, sagte sie. Ich würgte zwei Tabletten hinunter und Helene erzählte die Geschichte meiner Rückkehr. Mir trieb es die Schamesröte ins Gesicht. Offenbar hatte man mich mit einem umgehängten Pappschild, auf dem Name, Adresse und die Aufforderung, mich nach Hause zu bringen, gekritzelt waren, bei einem Taxistandplatz ausgesetzt. Zur Wohnung war ich jedoch von zwei Polizisten gebracht worden. Meine Heimkehr war unter großer Lärmentwicklung vonstattengegangen. Die Nachbarn waren Zeugen meiner Verfehlung geworden, die nicht zuletzt darin bestand, dass ich mich im Wagen übergeben hatte.

Sie habe, so Helene, schon viel mitmachen müssen, und dann begann die sattsam bekannte Litanei von der Deklassierung ihrer Familie, dem Landgut östlich der Neiße, wo jetzt der Pole sitze, und dem Stadthaus, das bei einem Bombardement der RAF in Flammen aufgegangen war. Von der Flucht vor den Russen, all den Erniedrigungen, denen sie als Heimatvertriebene ausgesetzt gewesen war, den Fährnissen ihres Lebens, die in der Beziehung mit mir einen grauenvollen Höhepunkt gefunden haben. Denn was wirkliche Demütigung sei, das wisse sie erst jetzt.

Ich war versucht, mir die Decke über den Kopf zu ziehen, unterließ es aber, da es nichts genutzt hätte. Helenes Stimme ist selbst im Schluchzen noch eine alles durchdringende.

Die Schilderung ging weiter. Wie sie, noch schlaftrunken, die Tür geöffnet und mit einem Mal hellwach meiner ansichtig geworden war. Nie werde sie dieses Bild vergessen, eine jämmerliche, von zwei Uniformierten umrahmte Figur, begafft von den Nachbarn, darunter Mr und Mrs Hunter, die das Geschehen mit einem zahnlosen *bloody foreigners* kommentierten. Sie habe sich ihr Leben anders vorgestellt, ihre Familie sei stets anständig gewesen, sie … Der Rest des Satzes ging in unbeherrschtem Weinen unter.

Das Schmerzmittel hatte unterdessen angefangen zu wirken; die Explosionen im Kopf verebbten und machten einem matten Interesse Platz.

„Und?", fragte ich. „Wie geht die Geschichte weiter?"

„Du hast in deinem Rausch etwas gelallt: *Eze, Eze, armer Ezekiel.* Dann hast du zu weinen begonnen. Die Polizisten haben dich in die Wohnung geschafft und ins Bett gebracht."

„Wie fürsorglich. Wer hat mich ausgezogen?"

„Die Polizisten. Ich war in der Küche, kochte Kaffee. Sie lachten im Schlafzimmer. Sehr laut."

Die letzten Worte schleuderte sie mir in einem gehässigen Tonfall entgegen. Mich ergriff ein Gefühl tiefster Herabwürdigung, gefolgt von Wut und dem Wunsch, sie zu attackieren. Ich bäumte mich auf und fand es noch im Zurücksinken in das Kissen erstaunlich, an wie vielen Stellen ein Körper Schmerz empfinden kann. Helene war unterdessen wieder in ihren Klagemodus verfallen. Ich sei ein gänzlich anderer Mensch, als ursprünglich von ihr angenommen. Ich würde mich auch in finanzieller Hinsicht nicht nach ihren Vorstellungen entwickeln; es mangle mir an Ehrgeiz und Antrieb. Die Beziehung wäre sie jedoch in der Annahme eingegangen, dass ich meinen Beruf erfolgreich ausübe, ein Ziel vor Augen habe, fähig und willens sei, mit ihr eine Familie zu gründen.

Rückblickend kann ich sagen, dass ich den Anschuldigungen bewundernswert stoisch begegnete. Freilich waren sie mir vertraut, Helene neigt zu Wiederholungen. So reagierte ich mit zustimmenden Phrasen wie: „Da gebe ich dir recht." – „Ich kann dir nicht widersprechen." –

„Ich bin völlig deiner Meinung." Meine Antworten reizten sie zur Weißglut. Schließlich erreichte Helene den Punkt, an dem ihre verbalen Möglichkeiten erschöpft waren. Sie hob ihre Tasse – und ich bin überzeugt, dass sie diese nach mir geworfen hätte, wenn in dem Augenblick nicht das Telefon geläutet hätte. Sie ließ die Tasse sinken, ging aus dem Zimmer und nahm ab. Dann hörte ich, wie sie etwas sagte, und ein mürrisches „Für dich!" rief.

In unserer Wohnung befand sich das Telefon an der unwirtlichsten Ecke, im Flur neben der Eingangstür. Ich wickelte die Decke um die Schultern und setzte mich vorsichtig in Bewegung. Ich wusste genau, wer anrief, einer von den Jungs, Steve oder George. Peter schloss ich aus. Peter, dachte ich, hat sich sicher noch in einen Zustand der Besinnungslosigkeit getrunken, *umgehackt*, wie er das nennt. Vermutlich liegt er in der toxikologischen Abteilung eines Spitals, man kann nur hoffen, in einem anderen als seine Frau. Aber so viel Glück wird er nicht haben. Und das Erste, was der kleine Ezekiel von seinem Vater zu Gesicht bekommen wird, ist eine delirierende Gestalt mit Infusionsbeutel und einem Kübel neben dem Bett. Armer Ezekiel.

Ich war einigermaßen überrascht, als sich auf mein unfreundliches *Hallo* eine unfreundliche weibliche Stimme meldete. Es war Mrs Wolf von der Bildagentur, die mich früher mit Aufträgen bedacht hatte. Der letzte lag ziemlich genau zwei Jahre zurück. Mrs Wolf kam umgehend zur Sache: Fotoreportage, Manchester Guardian, Weltausstellung Brüssel, Interesse? Ich sagte zu, noch ehe sie die Konditionen genannt hatte, bedankte mich, dass sie dabei an mich gedacht hatte. Das habe sie nicht, entgegnete sie, aber bei Peter, Steve und George hebe niemand ab. Es sei schon ein Kreuz mit den freien Fotografen. Ich solle mich umgehend mit der Redaktion in Verbindung setzen, die Details erführe ich vor Ort. Sie diktierte eine Nummer, die ich fahrig notierte. Die Spitze des Bleistifts brach nach der zweiten Ziffer ab. Ich geriet in Aufregung, rief Helene, mir einen neuen zu bringen. Die aber war im Bad verschwunden. Mrs Wolf wurde ungeduldig, meinte, die Sache fange ja gut an, ich werde mir wohl noch ein paar Zahlen merken können. Arteriosklerotische Verblödung könne in meinem Alter doch einigermaßen ausgeschlossen werden. Also noch einmal, mir wurde schwindlig, benommen kratzte ich die Zahlen ins Papier.

Wider Erwarten verlief der Anruf beim Manchester Guardian erfreulich. Das Treffen war auf elf Uhr angesetzt, das ließ mir Zeit, meine Erscheinung in Ordnung zu bringen. Aus dem Badezimmer klangen plätschernde Geräusche, die Tür war verriegelt, ich bat Helene, mich hineinzulassen. Sie gab keine Antwort.

„Es ist dringend!“, rief ich. „Mach bitte auf!“

Helene schwieg. Ich rüttelte an der Klinke, wurde laut. Das brach den Bann. Helene begann, zurückzuschreien: Ich täte gut daran, mich zu entfernen. Jetzt sähe ich einmal, wie es ihr immer erginge, denn normalerweise wäre ja *ich* derjenige, der das Bad blockiere. Stundenlang, draußen auf der Diele die brennende rote Glühbirne als Zeichen, dass der Herr seine Fotos entwickle, sie in ihrer Not von einem Fuß auf den anderen tretend. Denn natürlich befinde sich in einer Wohnung wie der unseren die Toilette im Badezimmer.

Ich brüllte, sie solle froh sein, dass sie sich an einem Ort befände, wo das rote Licht innerhalb und nicht außerhalb der Eingangstür leuchte. Der Satz tat mir augenblicklich leid. Ich suchte nach Worten der Entschuldigung, aber Helene kam mir zuvor. Sie erklärte mit kalter Stimme, dass ich mich künftig besser vorsehen solle mit dem, was ich sage. Bob habe ihr sowohl seine Dienst- als auch seine Privatnummer gegeben, Bob habe *wiederholt* versichert, sie könne ihn zu *jeder* Tages- und Nachtzeit anrufen, wenn es Probleme gäbe.

„Welche Probleme? Wer ist Bob?"

Helene schwieg. Mir fiel ein, dass sich mein Reisenecessaire noch in der Tasche befand. Erst vor wenigen Tagen war ich von einem dieser Horroraufträge zurückgekommen, die ich annehmen muss, um über die Runden zu kommen. Eine Gruppe Hobby-Ornithologen unter der Leitung eines, ich kann es nicht anders sagen, Fanatikers hatte mich angeheuert. Das Honorar war vom Fanatiker stark nach unten gedrückt worden. Wir feilschten ewig, schließlich nannte ich den letztmöglichen Preis. Er musterte meine Schuhe.

„Einer wie *Sie* macht es auch billiger."

Ich hätte ihn gerne geschlagen, aber das Schwein hatte recht. Mich umgibt keine Aura des Erfolgs.

Ein ganzes Wochenende verbrachte ich auf einer von Kanälen durchzogenen Wiese, wo ich mich halb zu Tode fror. Nicht so die Ornithologen. Sie lagen auf

Luftmatratzen in ihren Schlafsäcken und starrten in das Sumpfgras. In unregelmäßigen Abständen blies einer von ihnen in seine Vogellockpfeife oder machte eine abfällige Bemerkung über mich. Aber das, dachte ich, während ich das Necessaire an mich nahm, gehört der Vergangenheit an. Brüssel! Ein erster Schritt aus dem Morast. Ich ging in die Küche. In der Spüle lag benutztes Geschirr. Das war ungewöhnlich, Helene hat in dieser Hinsicht feste Prinzipien. Es waren die guten Porzellantassen, Stücke, die normalerweise in einem Schrank versperrt sind. Als Teil ihrer Aussteuer dürfen sie nicht verwendet werden. Schade nur, dass diese Hochzeit nie zustande kommen wird. Jedenfalls nicht mit mir.

Ich summte, während ich mir das Gesicht einseifte. Ich summte nicht lange. Die Klinge war stumpf, die Hand unsicher, der Taschenspiegel halb blind. Ich zog den Hobel über die Haut, schnitt mich, Blut tropfte auf die Aussteuer. Vielleicht genau in jene Tasse, aus der Bob getrunken hatte. Ich schnitt mich erneut. Nach der Rasur hatte sich mein Erscheinungsbild eher verschlechtert. Die Augen nach wie vor blutunterlaufen, der Schädel fahl und aufgedunsen. Die Blessuren machten den Anblick nicht besser. Bevor ich mich anzog, rieb ich mich mit einem Eau de Cologne getränkten Geschirrtuch ab. Dann machte ich mich auf den Weg.

Glücklicherweise schien der zuständige Herr beim Guardian eine ähnlich verlaufene Nacht hinter sich zu haben. Er war übermüdet, verkatert, ungewaschen; wir harmonierten prächtig.

„Du siehst aus, als wärst du bei einer Veranstaltung für die Jungs gewesen“, begrüßte er mich. Ich nickte, obwohl mir nicht klar war, wovon er sprach.

„Schreckliche Sache, das mit den Jungs. Aber wir werden sie nie vergessen. Wollen wir darauf einen Schluck trinken?“

Er wartete keine Antwort ab, zog eine Brandyflasche aus der Schreibtischlade und trank, ehe er sie mir reichte. Mir ging ein Licht auf, als ich einen um den Flaschenhals geschlungenen Wimpel von Manchester United sah. Deren Mannschaft war kürzlich bei einem Flugzeugunglück stark dezimiert worden.

„Zwei Monate“, meinte er düster. „Schon mehr als zwei Monate her, aber ich komme nicht darüber hinweg. Kein Tag, an dem ich nicht an sie denke. Und dir geht es ähnlich, wie ich sehe. Das ist schön.“

Es gibt wenig, was mir gleichgültiger wäre als Fußball; aber hier ging es um einen Auftrag. So prostete ich meinem Gegenüber zu.

„Ihr werdet immer einen Platz in unserem Herzen haben, Jungs.“ Er sah mich gerührt an, wuchtete sich schwerfällig aus seinem Stuhl, umrundete den Schreibtisch und umarmte mich. Sein Hemd roch, als wäre es seit dem betrüblichen Vorfall nicht mehr gewechselt worden. Ich hielt die Luft an und dachte: Alles besser, als in eine nasse Decke gehüllt auf das Auftauchen einer Trauerente zu warten.

Als ich das Gebäude des Manchester Guardian verließ, war ich ein glücklicher Mensch. In der linken Innentasche meines Sakkos befanden sich ein Bahnticket erster Klasse nach Brüssel, die Hotelreservierung und ein Vorschuss in einer Höhe, die meine Erwartungen deutlich übertraf. Ihn verdankte ich den Jungs, und obwohl ich nicht gläubig bin, betrat ich die nächste Kirche und zündete eine Kerze für die toten Spieler an. Anschließend versuchte ich, Helene zu erreichen. Ich brannte darauf, ihr von meinem Erfolg zu berichten. Es war besetzt.

Ich fuhr zum Bahnhof, tauschte das Ticket gegen eines zweiter Klasse und kaufte von der Differenz zwei Flaschen Lacryma Christi – Helene hat eine Schwäche für süße Weine. Danach probierte ich es erneut. Sie telefonierte noch immer. Das überraschte mich, Helene ist kein Mensch, der gerne telefoniert. Niemand telefoniert gerne in einem zugigen Winkel bei der Eingangstür, wo jedes Wort an das wachsame Ohr der Hunters dringt. Ich dachte an die bevorstehende Reise. Der Auftrag war nicht nur in finanzieller Hinsicht einträglich. Eine Woche als akkreditierter Fotograf auf der ersten Weltausstellung seit zwanzig Jahren. Mit lohnenden Motiven, fantastischen Möglichkeiten wie … Ein störendes Bild schob sich vor den anmutigen Gedanken. Helene.

*

Unsere Geschichte begann absurd und funktionierte nie. Vor ziemlich genau zwei Jahren hatte ich einen Auftrag der Stadtverwaltung angenommen: *Manchester bei Nacht.* Es war nicht gerade ein Traumjob, Manchester ist eine Stadt im Niedergang, das Nachtleben entsprechend. Ganz zu schweigen von den Lichtverhältnissen.

Doch zahlte die Stadtverwaltung im Gegensatz zu den meisten Klienten pünktlich. Und es gab noch einen anderen Grund: Meine letzte Beziehung war gescheitert. An sich nichts Unvertrautes, alle meine Beziehungen waren früher oder später gescheitert. Doch in diesem Fall ging die Trennung nicht von mir aus. Sie kam überraschend, war schmerzhaft und ließ mich verstört zurück. Die Ursache der Verstörung hieß Victoria, die im zehnten Monat unseres Zusammenseins befunden hatte, dass es nun genug sei. Victoria war eine Frau, die ihre Entscheidungen schnell umzusetzen pflegte. Eines Tages kam ich nach Hause und wunderte mich über die unversperrte Eingangstür. So etwas macht man in einer Gegend wie der meinen nicht. In der Wohnung konnte ich zunächst nichts Auffälliges feststellen. Erst nach einer Weile fiel mein Blick auf den Umschlag. Er lag auf dem Beistelltischchen, mein Name stand darauf. Darin die Uhr, die ich ihr unter beträchtlichen Opfern geschenkt hatte, der Wohnungsschlüssel und ein Zettel mit der lapidaren Zeile: *Es hat keinen Sinn mit uns beiden – leb wohl.*

Wenn ich an die Zeit danach zurückdenke, überfällt mich immer noch ein Frösteln. Natürlich suchte ich nach ihr. Die alte Kriegswitwe, bei der Victoria zur Untermiete gewohnt hatte, teilte mir mit, die junge Frau sei abgereist, ohne eine Adresse zu hinterlassen. Ihr Arbeitgeber ließ mir ausrichten, dass sie von sich aus gekündigt habe. Mehr könne er dazu nicht sagen. Victorias Eltern lebten in den Kolonien, ich hatte sie nie kennengelernt. Die wenigen gemeinsamen Bekannten gaben vor, nichts zu wissen. Ich habe lange auf ein Lebenszeichen gewartet, aber nie wieder von ihr gehört.

Damals, fünf, sechs Monate nach ihrem Verschwinden, war ich der Meinung, lange genug getrauert zu haben. Mir ist in Erinnerung, dass ich mich mit großer Sorgfalt für den Abend hergerichtet hatte und am Ende mehr oder weniger aussah wie eine gute Partie. Modischer Haarschnitt, frisch rasiert, auf Hochglanz polierte Schuhe, ein neuer, auf Ratenzahlung angeschaffter Anzug. In dieser Aufmachung betrat ich den Plaza Ballroom in der Oxford Road. Dort war gerade eine Werbeveranstaltung im Gange, moderiert von einem exzentrisch gekleideten Mann mit blond gefärbten Haaren und fratzenhaft lächelndem Gesicht. Neben ihm stand eine verzweifelt wirkende Frau. Der Mann hatte seine Hand auf ihrer Hinterseite, sie bat ihn, das bleiben zu lassen. Mir fiel auf, dass sie mit starkem deutschen Akzent sprach. Er ignorierte ihre Bitte, tätschelte weiter. Ich mischte mich ein: „Lassen Sie das Fräulein in Ruhe!"

Er wandte sich mir zu: „Mr und Mrs Adolf Hitler, nehme ich an? Heil mein Führer!" Die Zigarre nahm er dabei nicht aus dem Mund. Es geschieht selten, dass ich die Beherrschung verliere. Ich stürzte mich auf ihn, ohne auch nur die Kameras abzunehmen. Bei der Armee war mir eine Nahkampfausbildung zuteilgeworden, ich sah in der Fratze keinen ernst zu nehmenden Gegner.

Seit damals sind Helene und ich ein Paar. Sie hat in mir den tugendreichen Ritter gesehen; selbstlos, mutig, edel, das ganze Programm. Ich war ihr Captain Future.

Es spielte gar keine Rolle, dass die Schlägerei nicht zu meinen Gunsten ausgegangen war. In der Einschätzung der gegnerischen Kräfte hatte ich mich gründlich getäuscht. Entsprechend schnell war der Kampf entschieden. Ich lag am Boden, rang nach Luft und spürte, wie mir ein warmer Blutstrom Bruchstücke von Zähnen aus dem Mund spülte. Im Krankenhaus stellte man fest, dass die Atemnot von den Rippen herrührte, die mir die Fratze gebrochen hatte.

Letzten Endes hat an diesem Abend mein Abstieg begonnen. Ich war drei Monate außer Gefecht, eine zu lange Zeit in meiner Branche. Ich verfügte über keine Einnahmen, war aber mit horrenden Ausgaben konfrontiert. Etwa die Reparatur der beiden Kameras, die bei der Auseinandersetzung beschädigt worden waren. Schlaflose Nächte bereitete mir auch die Frage des Zahnersatzes. Die staatliche Gesundheitsfürsorge kam für Stiftzähne nicht auf. Das wäre zu teuer, wurde mir beschieden. Man könne mir lediglich anbieten, die restlichen Zähne zu ziehen und eine Vollprothese zu fertigen. Eine zutiefst englische Lösung, für die ich mich aber noch zu jung fühlte. Ich versuchte, über einen Berufsfonds zur Abfederung sozialer Härtefälle an Geld zu kommen. Dessen Absagebrief habe ich mir wegen des Passus, dass ein Fotograf zur *Ausübung seines Berufes nicht auf Zähne angewiesen* sei, aufgehoben.

So gingen meine Ersparnisse für wenig spektakuläre Dinge dahin; Zähne, Kameras, Miete, Essen. Nicht zu vergessen: Helene. Helene hatte mich bereits auf der

Fahrt ins Krankenhaus begleitet und war seither nicht mehr von meiner Seite gewichen. Bei aller Pflege, die mir von ihr zuteilwurde, stand von Beginn an fest, dass die Verbindung keine glückliche werden würde. Im tiefsten Inneren fand ich sie nicht liebenswert. Doch tat es mir gut, nach dem Elend mit Victoria endlich wieder einmal angebetet zu werden. Ganz zu schweigen von der Wohltat, sich nicht mehr um die Lästigkeiten kümmern zu müssen, die mit der Führung eines Haushalts verbunden sind. So gesehen, bin ich ein Schwein.

Doch sollte man nicht vergessen, dass das Schwein einen hohen Preis bezahlt hat. Die Begegnung mit der Fratze hängt mir bis heute nach. Nicht nur körperlich. Nicht nur wegen Helene. An jenem verhängnisvollen Abend befand sich ein Journalist im Publikum. Tags darauf war ich erstmals auf der Titelseite einer, wenn auch zweifelhaften Zeitung.

Die Schlagzeile lautete *Brutaler Angriff auf Jimmy Savile*, und der in üblem Lohnsudlerjargon verfasste Artikel berichtete von einem gewalttätigen Gelegenheitsfotografen und seiner Attacke auf den beliebten Entertainer, Manager und Eigentümer. *Savile*, stand zu lesen, sei *englisch im besten Sinn des Wortes*. In den schweren Jahren von 1943 bis 1945 habe er als junger Mann unter Tage Kohle abgebaut und so das Seine dazu getan, den Krieg gegen Hitler zu gewinnen. *Ein Mann vieler Talente, ein Sportsmann, ehemaliger Radrennfahrer, seit einiger Zeit als Ringer erfolgreich.* Das habe der *Aggressor* auch am eigenen Leib zu spüren bekommen. Man könne nur hoffen, dass es ihm eine

Lehre gewesen sei. Bis Redaktionsschluss wäre über den Täter nicht viel in Erfahrung zu bringen gewesen. Er nenne sich Strings, habe ursprünglich aber anders geheißen. Er lebe schon etliche Jahre in Manchester, weshalb man eigentlich davon ausgehen müsste, dass er ausreichend Zeit gehabt habe, sich mit den Sitten und Gebräuchen des Landes, das ihn aufgenommen habe, vertraut zu machen. Dazu gehöre das Recht auf freie Meinungsäußerung, eine ironische Bemerkung könne kein Anlass für einen privaten Blitzkrieg sein. Vielleicht auf dem Kontinent. Hier nicht.

In diesem Tonfall ging es weiter. Es war offensichtlich, dass der Lohnschreiber nach Anschlägen bezahlt worden war und sich mühsam beherrschen musste, mich nicht als *verdammten Ausländer* zu apostrophieren. Mir ist der Artikel (dem außerdem zu entnehmen war, dass Mr Savile großmütig auf eine Anzeige verzichten werde) erst nach der Entlassung aus dem Krankenhaus untergekommen. Ich fand ihn unerfreulich, maß der Sache aber nicht allzu viel Bedeutung bei. Letztlich war die Zeitung ebenso armselig wie die Titelgeschichte. Doch als ich, kaum wiederhergestellt, die Besuche bei meinen ehemaligen Auftraggebern wieder aufzunehmen begann, musste ich feststellen, dass sie befangen reagierten. Man speiste mich auf unverbindliche Weise ab. Das konnte der Artikel allein nicht bewirkt haben. Offenbar hatte Savile Einfluss in überraschendem Ausmaß. Bis zum heutigen Anruf habe ich weder von einer Zeitungsredaktion noch einer Agentur oder einer öffentlichen Einrichtung irgendetwas gehört.

Und so wurde ich in dieser Zeit als Fotograf zu dem, was man in der Musik als *Tuttischwein* bezeichnet. Ein anonymer, beliebig austauschbarer Ablichter, der Taufen, Dosennahrung, Hochzeiten, Hunde und eben Vögel knipst. Immer ängstlich bemüht, den Wünschen des Auftraggebers gerecht zu werden. Einer, der sich selbst für solche Aufträge demütigen lassen muss. Nicht gerade ein Captain Future. Das wurde auch Helene bewusst; ihre Achtung sank aliquot mit den Einlagen des Postsparbuchs.

Mit Helene ist es überhaupt so eine Sache. Es gibt einen Grund, warum wir uns miteinander abquälen. Er liegt in dem Schnittpunkt unserer Biografien. Wir sind beide Strandgut, das der Krieg an Englands Ufer gespült hat. Andernfalls wären wir nicht auf dieser unwirtlichen Insel. Uns verbindet eine gemeinsame Sprache. Auch wenn Helenes Idiom in meinen Ohren nicht angenehm gefärbt ist, weil ihm das Weiche fehlt. Und das Perfekt.

*

Das etwa waren die Gedanken, die ich hatte, als ich vom Bahnhof nach Hause ging. Dort angelangt, registrierte ich befriedigt, dass der Aufzug in Betrieb war. Ich fuhr in den vierten Stock. Schon beim Öffnen der Lifttür war Helenes Stimme zu hören. Sie klang aufgekratzt; wäre da nicht der starke Akzent gewesen, hätte ich sie nicht unbedingt mit ihr in Verbindung gebracht. Ich widerstand der Versuchung, länger als unbedingt notwendig zuzuhören, und läutete. Das Telefonat wurde abrupt beendet. Helene öffnete. Sie wirkte erhitzt.

„Ist Bob erleichtert, dass es keine Probleme gibt?"

„Das ist er. Aber er traut dem Frieden nicht. Er sagt, er wird die Sache im Auge behalten."

„Wie überaus aufmerksam von Bob." Ich drückte ihr die beiden Flaschen in die Hand.

Sie reagierte wütend. „Bist du wahnsinnig? Das können wir uns nicht leisten! Die bringst du sofort zurück. Hast du getrunken?" Helene schnupperte. „Du hast getrunken!"

„Bob wird enttäuscht sein. Aber auch beruhigt, weil er sich die nächste Zeit keine Sorgen machen muss. Ich fahre nach Brüssel."

Ein Leuchten ging über ihr Gesicht. „Du fährst weg? Wann denn? Für wie lange?"

„In zwei Wochen. Einige Tage. Du wirst dich noch etwas gedulden müssen."

In der Zeit bis zur Abfahrt registrierte ich Veränderungen. Der Auftrag hatte mein Selbstbewusstsein beträchtlich gehoben. Zwischen Helene und mir herrschte eine Art Waffenstillstand, der nur selten gebrochen wurde. Wir waren erleichtert, einander eine Weile nicht sehen zu müssen. Das Telefon läutete häufiger als sonst, Helene wirkte angespannt, wenn ich abnahm. Wenig überraschend war es meist eine Männerstimme, die *falsch verbunden* murmelte. Den letzten gemeinsamen Abend verbrachten wir in bemühter Harmonie. Am Herd köchelten Sächsische Flecke, ein Festtagsgericht, wie ich wiederholt zu hören bekam. Der Innereiengeruch legte sich schwer über die Wohnung. Bevor Helene die Scheußlichkeit servierte, schlug sie den Gong. Eine der vielen Eigenarten, die mich an ihr stören. Es kostete mich einige Überwindung, die Pansen zu essen. Wenn man die Bissen im Mund mit Lacryma Christi vermischte, ging es. Helene sprach den Flecken und dem Wein indes tüchtig zu. Zwischen zwei Bissen blickte sie auf.

„Du isst ja gar nichts! Schmeckt es dir nicht?"

„Nein, es ist wirklich ganz ausgezeichnet. Wahrscheinlich die Aufregung wegen der Reise."

Sie zuckte mit den Achseln. „Da kann man nichts machen. Geh ins Bett. Ich hab dir Nylonhemden eingepackt. Die kannst du auswaschen und am Kleiderbügel trocknen. Gute Reise, Titus."

Brüssel

Den Großteil der Fahrt von Manchester nach Brüssel verbrachte ich in einem unruhigen Dämmerzustand. Die Nacht war elend gewesen, was nicht allein den Flecken geschuldet war. Auch nicht der bevorstehenden Reise, die im Vergleich zu der Odyssee, die hinter mir lag, eine lächerliche ist. Es waren die Bilder, die mir durch den Kopf geisterten. Wechselnde Szenen und Orte mit zwei gleichbleibenden Figuren. Ich zweifelte keine Sekunde daran, dass Bob Minuten nach meiner Abfahrt mit Blumen, Konfekt und Sekt vor der Wohnung stehen würde. Gefolgt von einem Frühstück, das in ein frühes Mittagessen übergehen würde. Aufgewärmt schmecken Sächsische Flecke ja noch einmal so gut. Bob schmatzend, Laute des Wohlbehagens von sich gebend, den Teller mit weichem Toastbrot auswischend. Helene versichernd, dass er in seinem ganzen Leben noch nie so gut gegessen habe. Was als Engländer wohl nicht einmal gelogen ist. Der feuchte Glanz, der daraufhin auf Helenes Augen sichtbar wird. Endlich Anerkennung, endlich ein Mann, der ihre Mühen zu schätzen weiß! Darauf sollte man anstoßen, aber mehr als zwei Gläser schicken sich zu dieser Zeit des Tages nicht. Schnitt.

Eine spätere Stunde, ein anderer Ort. Bob mit Helene im Kino. Einer dieser Filme, die sie liebt und mit denen ich nichts anzufangen weiß. Science-Fiction, eine Bedrohung aus dem All, wohliges Gruseln. Neben ihr der neue Captain Future mit Chips und Bier. Schnitt.

Ausklang in einem von der unteren Mittelklasse frequentierten Restaurant. Man sitzt beim Italiener, über sich ein Netz mit getrockneten Meerestieren und Muscheln, und nippt am schweren, süßen Wein. Dann kommt der erste Gang. Beide tun sich schwer, die Spaghetti in der Höhlung des Löffels über die Gabel zu rollen. Die Bissen geraten zu groß, die Nudeln hängen aus dem saucenverschmierten Mund. Kein schöner Anblick, aber eine Gemeinsamkeit. Deren Summe macht bekanntlich eine glückliche Beziehung aus. Sie lachen. Bob wird schließlich mit seinem Messer die Spaghetti für beide klein schneiden. So viel Fürsorge hat Helene schon lange nicht mehr erfahren. Bis zum Hauptgang werden die beiden festgestellt haben, dass sie viel verbindet, dass ihre Sicht auf die Welt praktisch deckungsgleich ist. Und Bobs Leben wird so herrlich linear verlaufen, er weiß schon heute, mit welchem Rang und welchen Bezügen er neunzehnhundertachtundachtzig in Pension gehen wird. Mit etwas Glück sogar fünf Jahre früher. Aber auch dann ist die Doppelhaushälfte längst abbezahlt und die Kinder sind flügge geworden. Es wird zwei geben, einen Jungen und ein Mädchen. Mehr wäre unökonomisch. Selbst bei der Namenswahl wird Einigkeit herrschen. Der Knabe wird selbstverständlich Robert heißen. Das Mädchen Margaret, aber als Konzession an Helenes

Herkunft könnte man den Rufnamen Gretchen in Erwägung ziehen. Es wird einen Kühlschrank geben, einen Staubsauger, einen Fernseher. Irgendwann vielleicht sogar ein Auto. Urlaub am Meer – Blackpool kann wunderschön sein, wenn man Glück mit dem Wetter hat und die Labour Party nicht gerade ihren Parteitag abhält. Die Ehe mit Bob verspricht solide zu werden, Helene wird sich nie wieder aufregen müssen. Er ist verlässlich, ihn plagen keine verzehrenden Leidenschaften. Jeden Freitag nach Dienstschluss spielt er mit den Kollegen eine Stunde Pingpong im Polizeisportclub, trinkt danach das eine oder andere Bier. Und ansonsten steckt der Mann meistens in der Kellerwerkstatt, wo er seinem Lebenshobby nachgeht: Bob macht wunderschöne Laubsägearbeiten, die das ganze Haus schmücken. Beim Dessert wird Bob fragen, ob er sie nach Hause bringen darf. Das darf er, ohne langes Zieren. Vielleicht wird er sogar noch auf einen Drink mit hinaufkommen dürfen. Denn etwas Besseres als Bob wird Helene aus ihrer Exilexistenz nicht mehr herausschlagen können.

Als der Zug in Brüssel-Midi einfuhr, war das angehende Paar vermutlich gerade am Weg ins Kino. Das Hotel, ein schon von außen hoffnungslos heruntergekommenes Gebäude, befand sich unweit des Bahnhofs. Am Empfang saß ein sauer dreinblickender Wallone, der vorgab, weder Englisch noch Deutsch zu verstehen. Ehe er mir den Schlüssel aushändigte, musste ich verschiedenfärbige Formulare ausfüllen. Das Zimmer lag im Souterrain. Es war stickig und winzig. Ich öffnete das Fenster.

Die Aussicht ging auf einen mit Taubenkot überkrusteten Lichtschacht. Hier verbringe ich keine einzige Nacht, dachte ich und machte mich auf, um den Rezeptionisten den Marsch zu blasen. Der Wallone schaute gelangweilt durch mich hindurch, während er meinen Reklamationsversuch beiseitewischte.

Exposition mondiale. Nous sommes complet. Compris?

Mein Französisch war zu schlecht, als dass ich ihm etwas entgegensetzen hätte können. Folglich ging ich in die Kammer zurück. Leg dich ein paar Stunden hin, sagte ich mir. Du bist übermüdet. Ich schlug die Tagesdecke zurück. Selbst im schwachen Licht der Deckenleuchte war zu erkennen, dass die Leintücher schon längere Zeit nicht gewechselt worden waren. Ich zog den Trainingsanzug an und die Kapuze über den Kopf, ehe ich mich hinlegte. Obwohl sich die Schlafstatt als durchgelegen erwies, schlummerte ich bald ein. Kurz darauf erwachte ich durch ein ungestümes Pochen. Benommen tastete ich mich zur Tür. Draußen stand eine stark geschminkte Frau. Sie fragte in einem aus vier Sprachen zusammengesetzten Satz, ob ich Interesse an Beischlaf hätte. Ich verneinte.

„Ah bon! Anglais, vielleicht einen jungen Mann?" Dankend zog ich die Tür hinter mir zu und nahm ein Schlafmittel. Den Rest der Nacht vernahm ich keine weitere Störung. Es waren Vogellaute, die mich weckten; im Lichtschacht gurrten die Tauben. Ich brachte mich in Ordnung und machte mich auf den Weg zur Weltausstellung. Den Gutschein für das Hotelfrühstück ließ ich verfallen. Eine Verschwendung, die Helene nie toleriert hätte.

*

Im Bus studierte ich den Lageplan des Ausstellungsgeländes, das in seiner äußeren Form dem Umriss einer Kuh ähnelte. Das Atomium war an der Stelle eingezeichnet, wo sich beim Rind die Spannrippe befindet. Hier sollte ich den Doppelnamen treffen, über den ich, wie mir gerade auffällt, noch kein Wort verloren habe. Damals beim Guardian hatte mir der zuständige Herr zwischen Schlucken aus der Brandyflasche und Wehklagen über die hingegangenen Jungs den Brüsseler Auftrag näher erläutert. In der Auswahl der Motive war ich keineswegs frei. Vielmehr hatte ich den Instruktionen eines Feuilletonisten zu folgen, der über die Ausstellung schreiben würde. Ein feiner Pinkel, wie mir der Herr düster mitteilte, kein Sinn für Fußball, ein unerfreulicher Zeitgenosse.

Beim Atomium standen viele Leute, aber der Pinkel fiel mir sofort auf. Er entsprach jenem Typus, dessen sich europäische Karikaturisten bedienen, wenn sie Engländer darstellen: groß gewachsen, hager, lange Zähne, schwach ausgeprägte Kinnpartie. Wir machten uns bekannt. Er hatte einen langen, unverständlichen Doppelnamen, ich tippte auf gehobenen Landadel. Seine Sprache verriet eine elitäre Ausbildung; Public School, gefolgt von einem Studium in Oxbridge.

„Sie haben einen ungewöhnlichen Vornamen. Ich nehme an, Ihr Vater hatte eine Schwäche für die frühen Tragödien Shakespeares?"

„Nein", antwortete ich, „meine Mutter für die späten Opern Mozarts."

„Dann können Sie von Glück reden, dass Ihre Mutter den Tito der Zauberflöte vorgezogen hat. Sonst hießen Sie vielleicht Pamino Strings."

„Sie scheinen mit dem Genre der Oper sehr vertraut?"

„In meinen Studententagen haben wir den ganzen Mozart aufgeführt. Auch die schwächeren Stücke wie den Tito. Ich selbst habe …"

„Ich bin überzeugt, die Partie der Vitellia war mit Ihnen ausgezeichnet besetzt."

Der Doppelname überlegte eine Weile, ehe er antwortete. „Wir werden miteinander auskommen. Nennen Sie mich Rupert. Und jetzt wollen wir sehen, wo man hier Gin and Tonic bekommt. Wir haben schließlich zu arbeiten."

Während wir tranken, machte sich Rupert an das, was er den *Programmentwurf* nannte.

„Wir haben eine knappe Woche. Die Ausstellungsfläche beträgt zweihundert Hektar. Ich habe das in Acres umgerechnet. Entspricht den Ländereien meiner Familie. Mütterlicherseits. Pavillons ohne Ende. Wir müssen eine Auswahl treffen. Ich schlage vor, wir überlegen uns erst einmal, wo wir überall *nicht* hingehen." Er legte den Plan auf den Tisch und strich ihn glatt. Er hatte auffallend feingliedrige Hände. „Ist Ihnen eigentlich aufgefallen, dass das Gelände in Form einer Kuh angelegt ist?"

„Ja. Der Busbahnhof liegt im Schwanz."

„Dann hat Sie der Weg zum Atomium durch den Darm geführt. Ich sage nur: Belgien. *Ein Land ohne Leben, wenn auch nicht ohne Korruption*, wie Baudelaire so treffend sagte. Ganz abgesehen von den Verbrechen, die sie im Kongo begangen haben. Natürlich kann man jetzt einwenden, dass Joseph Conrad ohne belgische Kolonialgeschichte das *Herz der Finsternis* nie geschrieben hätte. Aber es wiegt den Rest nicht auf. Wir werden die belgische Sektion daher ignorieren. Konzessionen müssen wir ohnedies bei den sogenannten *Hauptanziehungspunkten* machen. Bilder vom Atomium. Idealerweise, wenn es einstürzt. Oder von diesem tristen König Baudouin. Idealerweise, wenn ein Attentat auf ihn verübt wird." Vom Nebentisch waren Worte der Entrüstung zu hören. „Kein Sinn für Humor", konstatierte Rupert. „Streichen wir den König." Nach Belgien kam das Vereinigte Königreich auf die Liste („Das lassen wir weg. Es ist unerfreulich, sich mit Imperien im Niedergang zu befassen."). Es folgten die restlichen Länder mit parlamentarischen Monarchien („Gott legitimiert keine Herrschaft, deren Rechte durch Beschlüsse eines Parlaments beschnitten werden. Schauen Sie nicht so entsetzt, Titus. Das war ein Scherz."), Amerika („Wir sind doch nicht nach Brüssel gefahren, um uns Walt-Disney-Filme anzusehen."), Deutschland („Man macht keine Hausbesuche bei Serienmördern, die sich auf Befehlsnotstand berufen."), Polen („Ich bin schon an diesem Pavillon vorbeigekommen. Er machte den Eindruck eines riesigen Bidets. Man möchte gar nicht wissen, was sich darin befindet. Vermutlich eine Leistungsschau der Wurstindustrie."). Ungnade fand auch die Schweiz („Triumphe der St. Gallener Unterwäscheerzeugung, Tresore, Käseleibe – ich danke!"), der Pavillon der Europäischen Gemeinschaft für Kohle und Stahl („Zeitverschwendung. Ein künstlich am Leben gehaltenes Gebilde, das irgendwann implodieren wird.") und der Coca-Cola-Pavillon („Die zeigen Abfüllanlagen. Haben Sie Interesse an Abfüllanlagen? Eben. Wer bitte hat Interesse an Abfüllanlagen?"). „Oder nehmen Sie Finnland – welche Offenbarungen kann uns eine Nation wie Finnland ..."

„Vielleicht sollten wir nicht ganz außer Acht lassen, was überhaupt infrage kommt."

„Ausgezeichnet! Ich denke, wir sollten mit etwas beginnen, das beim Großteil der Leserschaft Unbehagen auslöst." Er tippte auf den Plan. „Sehen Sie, *hier* ist der Ort, wo wir hinmüssen. Beim Rind ist es die Stelle zwischen den Schulterblättern, dort wo der Matador seinen Degen hineinsticht."

Auf dem Weg zum sowjetischen Pavillon schüttelte mein Begleiter den Kopf. „Eine traurige Dekade für Gebäude. Furchtbare Architektur. Aber wir sollten uns auf die Russen konzentrieren. Sie haben letztes Jahr einen Hund in die Erdumlaufbahn geschossen, was über die Kreise der königlichen Gesellschaft zur Verhütung von Grausamkeiten an Tieren hinaus für Entsetzen gesorgt hat. Sie sind technisch viel weiter, als angenommen. Wenn es ihre Raketen ins All schaffen, dann erreichen sie auch jeden Punkt auf der Erde. Nichts gegen einen atomaren Sprengkörper auf diesem Ausstellungsgelände. Natürlich nach unserer Abreise. Doch gibt es Orte südlicher Schönheit, um die es mir leidtäte."

Beim russischen Objekt angekommen, zog Rupert ein Notizbuch aus der Tasche und notierte laut: „Vor dem Eingang zum Paradies der Werktätigen. Außenansicht:

eine Melange aus Frigidaire und Mausoleum. Gigantomanische Massengrabvertuschungsarchitektur. Wird teuer in der Demontage, wenn der Zirkus erst einmal vorbei ist."

Wir stiegen eine von allegorischen Figuren flankierte Freitreppe hinauf. Rupert blieb vor der des Arbeiters längere Zeit stehen. „Guter Oberkörper. Kein schlechter Kopf. Die eingezogenen Lippen lassen allerdings darauf schließen, dass er keinen einzigen Zahn mehr im Mund hat. Es ist tröstlich, zu sehen, dass es Gesundheitssysteme gibt, die noch schlechter sind als das britische. Sowjetischer Realismus. Davon werden wir noch einiges zu sehen bekommen."

Wir betraten die Haupthalle, die von einer Kolossalstatue Lenins beherrscht wurde.

„Titus, davon brauchen wir Bilder. Ganze Ansicht, Kopf und eine Aufnahme von der rechten Hand. Sie weist bemerkenswerterweise nicht nach vorne. Sie hält den sturmgepeitschten Mantel fest. Herr Lenin wirkt, als wäre er besorgt, dass sein Mantel verweht wird. Verständlich, wenn man die Effektivität der sowjetischen Planwirtschaft bedenkt."

Ich richtete meine Kamera ein. Eine russische Hostess näherte sich. „Die Herren sind von der Zeitung? Kann man den Herren mit Informationen behilflich sein?"

„Ich bin in der Ikonografie des zwanzigsten Jahrhunderts nicht sehr bewandert", sagte Rupert, „aber gehe ich fehl in der Annahme, dass es sich bei diesem Herrn um den Genossen Trotzki handelt?"

Die Hostess machte entsetzt kehrt.

„Wie unaufmerksam von mir", rief ihr Rupert hinterher, „ich hatte vergessen, dass Genosse Trotzki auf Geheiß des Genossen Stalin mit einem Eispickel erschlagen worden ist."

Ich machte eine Bildstrecke der fliehenden Hostess.

„Haben Sie die Uniform gesehen, in der dieser arme Teufel gesteckt hat? Hoffnungslose Textilien. Sah aus wie eine umgefärbte Wintermontur der Roten Armee. Unmenschlich."

„Wir bekommen ein Problem." Vor dem Objektiv waren zwei Gestalten aufgetaucht, die sich rasch näherten.

„Offenbar die Herren Reiseleiter nach Sibirien. Kriegsverbrecherphysiognomien. Vielleicht sogar noch ausgeprägter als die, die ich 1946 in Nürnberg zu sehen bekam."

„Rupert, ich wäre Ihnen dankbar, wenn Sie mich reden lassen würden. Und fragen Sie die Herren bitte nicht, welchen Gulag sie uns im Fall einer Verhaftung empfehlen würden."

Er lachte. „Sie können unbesorgt sein. Ich stehe mit der russischen Seele auf vertrautem Fuß. Ich habe den ganzen Dostojewski gelesen. Ich weiß, wie weit man gehen kann."

„Gut. Dann denken Sie bei allem, was Sie sagen, an seine Aufzeichnungen aus einem Totenhaus."

Die beiden Gestalten hatten uns erreicht.

„Die Herren sind von der Zeitung?", wollte der eine in einem harten Englisch wissen.

Rupert behandelte sie herablassend: „Genossen, Sie scheinen mit den bescheidensten Forderungen der

Höflichkeit unvertraut. Sie stören uns in einem Gespräch über Dostojewski. Ein Autor, von dem Sie vielleicht schon einmal gehört haben. Um Ihre Frage zu beantworten: Wir sind tatsächlich von der Zeitung."

„Welche Zeitung?" Bei der Frage schwang ein bedrohlicher Unterton mit.

„Manchester Guardian. Liberale Blattlinie. Das muss ich Ihnen als Prawda-Leser vermutlich erklären. Oder fangen Sie mit dem Begriff *liberal* etwas an?"

Die beiden Kriegsverbrecher begannen sich auszutauschen. Ich vermeinte die Worte *rabota*, *Gulag*, *Sibir* herauszuhören. Rupert dozierte weiter: „Er steht für Selbstverantwortung, Autonomie und freie Entfaltung der Persönlichkeit. Darüber hinaus …"

Die Genossen beendeten ihre Beratschlagung. „Wir müssen die Herren Besucher bitten, den Pavillon zu verlassen. Die Union der Sozialistischen Sowjetrepubliken ist friedliebend, aber sie duldet keine Provokateure."

„Was sagen Sie, Titus? Aus dem Paradies der Arbeiter vertrieben. Man verweigert uns, von den Früchten des Baumes marxistisch-leninistischer Erkenntnis zu naschen. Man zwingt uns, im Zustand dunkler Unwissenheit zu verharren. Mein Verstand sagt mir, dass wir es hier mit zwei Saboteuren der kommunistischen Weltrevolution zu tun haben. Betrüblich, dass man solchen Elementen noch immer begegnen muss. Wo sich Genosse Stalin all die Mühe mit den Säuberungen gemacht hat."

Mir war sehr unbehaglich zumute. Man sah den Gestalten an, dass sie uns gerne an Ort und Stelle beseitigt hätten.

„Wir werden die Herren jetzt zum Ausgang begleiten. Wir würden die Herren ersuchen, dass dies ohne Aufsehen geschieht."

„Ich möchte mit Ihren Vorgesetzten sprechen."

„Der sowjetische Mensch kennt keine Vorgesetzten und keine Untergebenen. Der sowjetische Mensch ist frei."

„Das wissen die Genossen in den Gulags sicher zu schätzen."

Dann ging alles sehr schnell: Wir wurden gepackt, aus der Halle hinaus- und die Treppe hinuntergezerrt.

„Falls diese Episode mit der Unannehmlichkeit eines Genickschusses enden sollte; es war erfreulich, die letzten Stunden mit jemandem wie Ihnen verbracht zu haben."

„Das Vergnügen war ganz auf meiner Seite", entgegnete ich schwach.

Wir erreichten den Eingangsbereich unbeschadet.

„Wenn die Revolution gesiegt hat, sehen wir einander wieder." Die Türsteher schickten sich an, zu gehen.

Rupert richtete sich die Kleider, ehe er antwortete. „Das bezweifle ich. Die Regierung Ihrer Majestät wird von dem Vorfall Kenntnis erlangen. In weiterer Folge wird eine Protestnote an Seine Exzellenz, den sowjetischen Botschafter in London ergehen. Man wird die Sache verfolgen. Das wird eine Weile dauern, aber letztendlich werden *Sie* zur Verantwortung gezogen werden und im besten Fall in einem nordsibirischen Gulag enden. Lebenslänglich." Rupert machte eine zeitlich perfekt bemessene dramatische Pause, in der er das Gesagte wirken ließ, ehe er fortfuhr: „Also nicht für lange. Sie werden über kurz oder lang verhungern oder erfrieren. Falls Sie nicht zuvor den Misshandlungen der Leute vom Sicherheitsdienst erlegen sind. Das wird sich weisen. Einer Sache können Sie sich aber schon heute sicher sein: Sie gehen keinem guten Tod entgegen. Ihr Ende wird weder heiter noch vergnügt sein. *Wir* werden siegen. – Kommen Sie, Titus, gehen wir etwas essen. Vorher machen Sie noch ein Foto von den beiden Saboteuren."

Ich fand, dass die Russen ausreichend gereizt worden waren, und murmelte etwas von ungünstigen Lichtverhältnissen.

„Wie Sie meinen, Titus. In diesen Dingen unterwerfe ich mich natürlich Ihrem Urteil." Er wandte sich wieder an die Genossen. „Sie haben gehört, was der Herr gesagt hat. Sie dürfen sich jetzt entfernen. Wir benötigen Sie nicht mehr." Er klatschte in die Hände.

Die Genossen sahen sich ratlos an. Man hatte Sie im Umgang mit Leuten wie Rupert nicht geschult. Sie schüttelten die Köpfe, was hübsch anzusehen war, da es synchron verlief. Sie wirkten unsagbar müde, als sie die Treppen hinaufstiegen.

„Denken Sie daran, eine solche Gelegenheit zur Flucht wie hier in Brüssel wird es in Ihrem Leben nie wieder geben!", rief Rupert ihnen nach.

Wir kehrten in einem nahe gelegenen Restaurant ein, bestellten die Tagesempfehlung und eine Flasche Chablis. Rupert war glänzender Laune.

„Was sagen Sie? Drei Russen demoralisiert. Und das, obwohl wir den Pavillon nicht einmal richtig betreten haben. Ich denke, wir können von einem Sieg sprechen."

Er trank mir zu. Das Essen wurde serviert. Rupert blickte angewidert auf seinen Teller. „Können Sie mir sagen, wie man zu einem Muschelgericht Pommes frites servieren kann? Das ist doch nicht normal. Das ist doch pervers." Rupert trank den Großteil des Weines, wobei er manchmal innehielt, um sich Notizen zu machen. Nach dem Essen meinte er: „Sie sehen deutlich besser aus. Das Essen scheint eine wohltuende Wirkung auf Sie auszuüben. Bei mir ist es das Trinken. Es freut mich, dass wir gestärkt in die nächste Runde gehen können."

„Was machen wir mit dem sowjetischen Pavillon? Sie wollten doch über die Russen schreiben."

„Das habe ich gerade. Der Artikel ist so gut wie fertig. Vorläufig natürlich noch in meinem Kopf. Wollen Sie ihn hören?"

„Sie können doch unmöglich …"

„Wissen Sie, wenn man auf das Geld von anderen nicht angewiesen ist, kann man fast alles. Selbstverständlich berichten wir über die Russen. Wir sind ja nicht zum Vergnügen hier. – Sie sagen ja gar nichts, Titus. Hat Sie das Gespräch mit den Genossen irritiert? Irgendetwas musste ich doch sagen. Und wissen Sie: Ich hatte den Eindruck, dass die Genossen das Zusammentreffen mit uns als amüsant empfunden haben."

„Den Eindruck hatte ich nicht."

„Sie unterschätzen die Humorbegabung des Russen. Zugegeben, bei Dostojewski ist sie nicht sonderlich ausgeprägt. Aber Gogols Mantel! *Den* hatte ich vor Augen."

„Bevor oder nachdem der arme Teufel erfroren ist?"

Einen Augenblick war Rupert irritiert. „Nachdem. Nachdem natürlich. Eine seltsame Frage. Es scheint noch andere Zugänge zu Gogol zu geben. Nicht auszudenken, wenn die Genossen den Ihren gehabt hätten. Aber Sie wollten etwas über den Artikel wissen. Er handelt von der technologischen Aufholjagd – die Halle war mit entsprechendem Zeug ja regelrecht vollgestopft: Flugzeuge, Weltraumgerätschaften, atomare Eisbrecher, weiß der Teufel was noch alles."

„Das ist mir gar nicht aufgefallen. Wo haben Sie das gesehen?"

„Ich habe es nicht direkt gesehen. Ich habe davon gelesen. Von den *Triumphen eines arbeitsamen und talentvollen Volkes*, wie es in den offiziellen Unterlagen heißt. So ziemlich das Einzige, womit sie punkten können. Mehr als mit ihrer Staatskunst jedenfalls. Das Ballett muss man ausnehmen, im Ballett sind sie groß. Aber es spielt in der kommunistischen Schlachtenreihe keine große Rolle. Ansonsten haben wir nichts versäumt. Für Besucher, die sich die realsozialistische Pracht vor Ort ansehen wollen, gibt es ein Reisebüro. Nennt sich Intourist. Schlechter Name. Die Russen, keine Ahnung davon, wie man etwas verkauft. Wie denn auch. Was denn auch. Ich hätte es Potemkin-Reisen genannt. Eine Grand Tour durch die sowjetischen Länder. Orte und Begegnungen, die man nie mehr vergisst. Tag 1: Besuch einer Musterkolchose, wo in einer muffigen Mehrzweckhalle Referate über den Anstieg der Milchwirtschaft mit besonderer Berücksichtigung von Stalinogorsk gehalten werden. Bleiern ziehen die Stunden dahin. Der Spannungsbogen gipfelt in stolzen Verweisen auf die Übererfüllung sämtlicher Quoten. Und das in einem landwirtschaftlich schwierigen Jahr. Zum besseren Verständnis wolle man mit jener Feldfrucht beginnen, die am meisten Sorge bereitet habe, der Rübe nämlich. Und wir, die wir im Publikum sitzen, denken an dieser Stelle an Warten auf Godot. Sie wissen schon, Wladimir, Estragon, Weiße Rüben, Gelbe Rüben.“ Rupert beugte sich über den Tisch, sein Kopf kam näher, zu nah, wie ich fand.

„Sie müssen sich das so vorstellen: Am Podium der Genosse Referent, ein vor Anstrengung schwitzender Apparatschik, neben ihm sein Übersetzer. Beide lesen ihre in erster Linie aus Statistiken bestehenden Vorträge schleppend vom Blatt. Wenn das Geleier zu einem Ende gekommen ist, wird Beifall bekundet. Der Applaus ist lang anhaltend. Nach einigen Minuten, die Gäste aus dem kapitalistischen Ausland haben längst zu klatschen aufgehört, wird klar, dass er nicht allein von der Begeisterung über das Erreichte und der Erleichterung über das Ende des Vortrages gespeist sein kann. Jedem im Auditorium sitzenden Genossen ist bewusst, dass er unter Beobachtung steht. Dass genauestens registriert wird, wie intensiv und lang anhaltend seine Beifallsbezeugungen ausfallen. Irgendwann macht der örtliche Sicherheitschef dem Spiel mit einem kaum angedeuteten Nicken ein Ende. Die Genossen begeben sich mit schmerzenden Händen aus dem Saal. Es folgt das Mittagessen. Man kann es als sättigend bezeichnen. Dazu Wodka, so viel der Magen zu fassen vermag. So vergehen die Tage. Kolchosen, Traktorenfabriken,

Düngeraufbereitungsanlagen. Irgendwann auch eine Besichtigung unter Tage, wo Bergarbeiter mit kohlenstaubgeschwärzten Gesichtern die Internationale singen. Am Ende der Reise der Lohn für die ausgestandenen Qualen: eine Aufführung des Bolschoi- oder Kirow-Balletts. Ein zu hoher Preis für Schwanensee."

„Das haben Sie aus den Unterlagen?"

„Nicht direkt. Erwähnenswert ist vielleicht noch die Weltraumabteilung. Sie wird mit den Signalen des Sputniks beschallt. *Beep, beep.* Dann gibt es noch einen Zwinger mit Weltraumhunden. Laika II bis Laika VII. Die können sich das *Beep-beep* monatelang anhören, bevor sie in die Kapsel gesteckt werden und im Orbit verglühen. Die Russen sind ja für ihre Tierliebe bekannt." Er lachte schallend. „Hunde in der Todeszelle. Erfreuen sich sicher des allergrößten Zuspruchs. Können Sie das nachvollziehen? Diese perverse Begeisterung für Hunde?"

„Nein. Obwohl sie in meiner Geburtsstadt einen hohen Stellenwert eingenommen haben. Was sich durch die Gemeinsamkeiten von Herr und Hund erklärt. Der Hund ist so etwas wie der Nationalsozialist unter den Haustieren. Unterwerfungsbegabt, in der Meute aufgehend, begierig, zu gehorchen und Befehle auszuführen."

Er nickte. Anerkennend, wie mir schien. „Wir sollten uns überlegen, wo wir den Kaffee nehmen wollen."

„Der italienische Pavillon wäre eine Möglichkeit. Sie haben ihn noch nicht auf den Index gesetzt."

„Ich denke, der Kirchenstaat passt jetzt fast besser."

„Sie scherzen."

„Wieso? Der Vatikan bietet sich nach der Sowjetunion doch geradezu an. Es verhält sich wie bei Ihrem Beispiel von Herr und Hund. Die Regime beider Länder weisen einige Übereinstimmungen auf."

„Zum Beispiel?"

„Das Spiel mit der Hoffnung auf ein besseres Leben. Einmal diesseitig, einmal jenseitig. Absolutistisch regierende Oberhäupter. Repressionsapparate. Ähnlichkeiten in der Rechtsprechung. Denken Sie an die stalinistischen Schauprozesse – die Fortsetzung der Inquisition mit anderen Mitteln. In beiden Fällen geht es um die Bestrafung von Häretikern, die gegen die reine Lehre verstoßen haben. Es gibt noch andere Parallelen. Wobei ich zu Rom einen näheren Bezug habe als zu Moskau. Unsereins wird auf dem Totenbett gerne katholisch, weil der Katholizismus verzeihungsfreudiger ist als die Kirche von England. Eine Charakterschwäche, wenn Sie so wollen."

„Der Vatikan hat einen eigenen Pavillon?!"

„Das trifft es nicht ganz. Der Vatikan hat eine Civitas Dei, einen Gottesstaat, hingestellt. Von einem belgischen Architekten auf Messeniveau heruntergebrochen. Ich sage Ihnen eines: Man kann über die katholische Kirche lästern, so viel man will, man muss aber anerkennen, dass sie niemals langweilig ist. Die Gründlichkeit, mit der ihre Vertreter über alle Fragen zwischenmenschlicher Beziehungen nachgedacht haben, nötigt Respekt ab. Die Schriften der Kirchenväter sind eine Quelle ungetrübten Genusses. Erst kürzlich machte ich eine spannende Entdeckung: Ein todgeweihter Freund wollte, dass ich ihm

Tertullian vorlese. Er hatte die Hoffnung, dass es ihm den Abgang erleichtern würde. Sie sind mit Tertullian vielleicht nicht vertraut. Er stellte gegen Ende des zweiten Jahrhunderts sittliche Maximen auf, die in maßgeblichen katholischen Kreisen noch immer Gültigkeit haben. Etwa, dass eine konsequent durchgeführte Fellatio dem Tatbestand des Kannibalismus gleichzusetzen ist. Das ist doch ein faszinierender Gedanke. Finden Sie nicht?"

„Ich bin noch nicht in die Situation gekommen, Menschen fressen zu müssen. In welcher Form auch immer."

„Es ist großes Theater. Welttheater. Welttheater, Titus. Man gibt seit bald zweitausend Jahren das gleiche Stück mit wechselnder Besetzung. Der jetzige Ensemblevertreter ist fabelhaft. Ich verwende dieses Wort nur selten, aber auf den zwölften Pius trifft es zu. Die Rolle des Papstes ist mit seiner Person glänzend besetzt." Rupert versank in Erinnerungen. Eine kurze Zeit lang war es still. Ich habe sie als angenehm im Gedächtnis.

„Vergangenen Oktober geriet ich in Rom in eine Generalaudienz des Heiligen Vaters. Ihres Papstes, Titus."

„Er ist nicht mein Papst", entgegnete ich frostig.

„Da zeigt es sich wieder einmal, wie schlecht es um mein Einschätzungsvermögen bestellt ist. Es war jedenfalls ein wundervolles Spektakel. Eine Darbietung absoluter Herrschaft mit altorientalischem Gepränge. Sie müssen sich das so vorstellen: Sie sind in der Peterskirche, eingekeilt inmitten einer Masse erlösungsbedürftiger Gläubiger im Sonntagsstaat. Es riecht nach Kampfer und Naphthalin, die Luft ist von großen Erwartungen geschwängert. Die Köpfe der Frauen sind bedeckt. Viele tragen Schleier. Die Inszenierung sieht vor, dass der Oberhirte die Herde warten lässt. Die gerät in Wallung und beginnt auszudünsten. Das ist nicht angenehm, da Katholiken nur halb so viel Seife verbrauchen wie Protestanten. Das ist statistisch erwiesen, und man riecht, dass die Statistik stimmt. Die Belästigung bleibt aber erträglich, da der Ritus vorsieht, dass Tonnen von Weihrauch verbrannt werden. Dann stößt eine Fanfare aus silbernen Instrumenten in die brünstige Erregung. Knabenchöre setzen ein. In früheren Zeiten waren es Kastraten. Wir leben im falschen Jahrhundert. Schweizergardisten marschieren auf, Kardinäle, Würdenträger. Deren Gewandung allein würde einen Übertritt in das katholische Lager rechtfertigen. Schließlich wird das Oberhaupt der Christenheit sichtbar. Es überragt alle, da es auf einem erhöhten Thron hereingetragen wird. Neben seinem Kopf wogt ein Fächer aus Pfauenfedern. Nebukadnezar ist mit Sicherheit in ähnlicher Adjustierung im Tempel erschienen. Der Papst kommt näher, einige Frauen fallen in Ohnmacht, darunter eine Nonne. Sie schlägt in ekstatischer Entzückung zu Boden. Ich sage Ihnen, niemand, Eleonora Duse, Sarah Bernhardt und Paula Wessely vielleicht ausgenommen, könnte so etwas nachspielen. Dann wird ein brüllender Säugling emporgehoben. Pius legt ihm die Hand aufs Haupt. Der Säugling verstummt augenblicklich. Er wirkt, als wäre er nicht ganz von dieser Welt, dieser Pius. Transzendent, fleischgewordene Askese. Ungemein charismatisch. Allein wie dieser Mann den Segen erteilt.“ Rupert machte es vor. Entgegenkommende Besucher wichen erschreckt aus.

„Gottbegnadete Handbewegungen – wie Furtwängler. Der Papst ist in gewisser Weise ja auch Dirigent eines weltumspannenden Orchesters – Wagner ist Kammermusik dagegen. Wobei ich leider anmerken muss, dass die Ansprache des Papstes den Zauber relativiert hat. Der Heilige Vater verwies auf die Irrlehren der Moderne, wie sie etwa von den Strömungen des Kommunismus und Liberalismus verbreitet werden. Er klagte über die schweren Stöße, die sie der Mutter Kirche zufügen. Es war offensichtlich, dass er die beiden Bewegungen in gleichem Maß verabscheut, weil sie die Jungfrau Maria betrüben. An seinen Reden muss Pius noch arbeiten, auch wenn er schon alt ist. Im Anschluss habe ich mir einen Ablassbrief ausstellen lassen. Eine Urkunde mit dem vermutlich seit Jahrhunderten bewährten Text: *Heiliger Vater*, dann ist Platz für den Namen, also Rupert, *kniet demütig zu Füßen Eurer Heiligkeit und bittet um den Apostolischen Segen und einen vollkommenen Ablass in der Todesstunde, auch wenn er, ohne noch beichten und kommunizieren zu können, wenigstens den heiligen Namen Jesu reumütig mit dem Munde oder im Herzen anruft*. Wenn man bedenkt, dass wir alle den Gesetzen des Todes unterliegen, war es vielleicht eine gute Investition. Nicht billig, aber ein Theaterbetrieb dieser Größe will schließlich finanziert sein."

Dann standen wir vor dem Gottesstaat. Er war von einer Mauer umgeben. Dahinter erhoben sich die Ausstellungsgebäude und eine Kirche. „Wollen Sie sich das wirklich antun, Rupert? Ihre Erinnerungen an die vatikanische Pracht könnten Schaden nehmen."

„Das muss ich in Kauf nehmen. Der Weg in den Himmel ist mit Unannehmlichkeiten gepflastert. Manchmal muss man zuvor in die Unterwelt. Jesus war keine Ausnahme. *Und die Pforte ist eng, und der Weg ist schmal, der zum Leben führt, und wenige sind ihrer, die ihn finden.* Matthäus 7:14. Sie sehen, an mir ist ein Priester verloren gegangen. Was sage ich Priester: Kardinal!“

Wir passierten die Mauer durch eine der großen türlosen Öffnungen. Dem Gedränge nach zu urteilen, erfreute sich der Vatikan großer Beliebtheit.

„Es hat den Anschein, dass die Schwarmlöcher des Bienenstocks Pate für diese Idee gestanden haben. Das Heer der Insekten, das Heer der Gläubigen, die Heerscharen der Engel. Wobei es strittig ist, wer besser organisiert ist. Um Gottes willen!“ Rupert deutete auf die Kirche. „Sieht aus wie eine Skischanze. Ein schlechtes Beispiel für die Christenheit. Ich könnte mir gut vorstellen, dass es nach Ausstellungsende demontiert und in Cortina wieder aufgestellt wird. Der Vatikan hat dort Besitzungen.“

Wir betraten das Innere. Es war dämmrig.

„Ich denke gerade an die Wolfsschanze, Titus. Mehr Hitler als Wagner. Der Vorgeschmack auf die Freuden des Jenseits will sich nicht einstellen. Anders als in Sankt Peter durchströmt mich kein Gefühl der Verklärung.“ Sein Blick fiel auf das Weihwasserbecken: „Wissen Sie, allein die Vorstellung, meine Finger in so etwas tauchen zu müssen, ist eine absolut ekelhafte. Und wenn es tausend Mal aus Carrara-Marmor gefertigt wäre. Es graust mir, wenn ich nur hinsehe. Schauen wir zu, dass wir wieder hinauskommen.“

Mit einem Mal hatte ich das dringende Bedürfnis, ein paar Minuten ohne Rupert zuzubringen. „Gehen Sie voraus. Ich möchte noch fotografieren."

„Tun Sie das. Lassen Sie sich Zeit. Wir treffen uns bei der Papststatue. Fällt Ihnen etwas auf? Schon wieder eine Übereinstimmung mit den Russen. Hic Pius, ibi Lenin. Salve!"

Er zog ab. Ich fand einen Eckplatz in einer der vorderen Bankreihen und schöpfte Atem. In der Kirche drängten sich Besucher, die in Dutzenden Sprachen vor sich hin wisperten, aber mir kam vor, als hätte mich niemals eine wohltuendere Stille umfangen. Pro forma machte ich einige Bilder; darunter von einer Pilgergruppe in Trachtenadjustierung, die sich vor der deutschsprachigen Beichtmöglichkeit staute. Die Anspannung legte sich schnell. Mein Puls schlug normal, als ich aus dem Gebäude trat. Der vereinbarte Treffpunkt war leicht zu finden, man hörte Rupert schon von Weitem. Er befand sich in einem Disput mit einem Mönch. Sie führten ihn auf Latein. Jenes des geistlichen Herrn klang italienisch, das von Rupert englisch gefärbt, doch war keiner um Worte verlegen, beide beherrschten es fließend.

Hinter dem Schnittpunkt ihrer heftig gestikulierenden Hände stand die Statue des Papstes. Er hielt die Arme waagrecht von sich gestreckt und erweckte den Eindruck eines den Verkehr regelnden Polizisten. Das Gesicht hatte einen resignierten Ausdruck. Es war ein wunderbares Motiv; ich verschoss einen halben Film, bevor ich näher trat. Meine Kenntnisse der lateinischen Sprache sind bescheiden, reichten aber aus, um zu verstehen, dass es um den Papst und die Jungfrau Maria ging. Die Auseinandersetzung war bald darauf zu Ende, der Mönch geriet an einen Punkt, an dem seine verbalen Möglichkeiten erschöpft waren. Ich fühlte mich an Helene erinnert. Bevor er sich entfernte, spuckte er aus.

„Sie scheinen eine interessante Bekanntschaft gemacht zu haben. Wer war der Mönch?"

„Das war kein Mönch, sondern ein Chorherr. Ein Dominikaner, ein verhinderter Großinquisitor. Arbeitet für die Kongregation des Heiligen Offiziums. Wie alle Großinquisitoren nicht in der Lage, eigenständig zu denken. Zitierte völlig unpassende Passagen aus dem Alten Testament. Wenn ich es richtig übersetze: *Ich gieße meinen Groll gegen dich aus, das Feuer meines Zorns will ich über dich entfachen. Ich liefere dich grausamen Menschen aus, die ihr mörderisches Handwerk verstehen.*"

„Das ist gut. Was ist das?"

„Ezechiel. Ezechiel 21. Es ist noch nicht zu Ende: *Das Feuer soll dich verzehren. Mitten im Land soll dein Blut fließen. An dich wird sich niemand erinnern. Denn ich, der Herr, habe gesprochen.* – Ist das normal, Titus? Das ist doch pervers."

„Es ging um den Papst?"

„Ach, der Papst, der Papst, kommen Sie mir nicht mit dem. Dieses Bild im Osservatore Romano. Ich weiß nicht, was er sich dabei gedacht hat. Das Oberhaupt der Christenheit an der Schreibmaschine. Es soll den Anschein von Bescheidenheit erwecken, wirkt aber wie ein verkleideter Juniorpartner zur Karnevalszeit. Und was tippt der mit der Gabe der Unfehlbarkeit Ausgestattete mit seinen Zeigefingern? Das vierte Mariendogma: *Kraft der Vollmacht unseres Herrn Jesus Christus, der heiligen Apostel Petrus und Paulus und Unserer eigenen Vollmacht verkünden und erklären Wir: Es ist eine von Gott geoffenbarte Glaubenswahrheit, dass die unbefleckte, immer jungfräuliche Gottesmutter Maria nach Vollendung ihres irdischen Lebenslaufes mit Leib und Seele zur himmlischen Herrlichkeit aufgenommen worden ist.* Wissen Sie: Die Kirche ist eintausendneunhundert Jahre ohne Himmelfahrt Mariens ausgekommen, sie ist niemandem abgegangen. Man hatte ja bereits an der ewigen Jungfräulichkeit genug zu kauen. Ich möchte wissen, welcher Teufel Pius da geritten hat. Der Herr Großinquisitor hat an dieser Stelle übrigens Tertullian bemüht: *Ich glaube, weil es widersinnig ist.* Katholiken können sich auf geistiger Ebene ja ähnlich verbiegen wie Yogis auf körperlicher. Es bleibt ihnen auch nichts anderes übrig, wenn man die Schlusspassage liest: *Wenn daher, was Gott verhüte, jemand diese Wahrheit, die von Uns definiert worden ist, zu leugnen oder bewusst in Zweifel zu ziehen wagt, so soll er wissen, dass er vollständig vom göttlichen und katholischen Glauben abgefallen ist.* Ich sage Ihnen, diesen Unfug haben ihm die Dominikaner eingeblasen. Man spricht immer von der jesuitischen Weltverschwörung, aber in Wirklichkeit ist es eine dominikanische. Die Hunde des Herrn. Womit wir wieder bei den Hunden wären. Wie sehen Sie das?“

„Dort, wo ich herkomme, glaubte man mehr an die jüdische Weltverschwörung. Aber warum hat er vor Ihnen ausgespuckt?“

„Ich habe ihn gefragt, ob er Tertullians Vorbehalte, die Penetration des Mundes betreffend, teilt. Und ob er mir sagen könne, wie Dominikaner ihre Sexualität sublimieren, seit sie keinen Folterungen mehr beiwohnen können. Er ist mir die Antwort schuldig geblieben." Rupert hob die Stimme: „Auf die wesentlichen Fragen sind die Vertreter der Papstkirche die Antwort immer schuldig geblieben."

Ein junger Geistlicher trippelte mit geraffter Soutane auf uns zu. Etwas außer Atem stellte er sich vor: „Verzeihen Sie, mein Name ist Kaplan Seidel. Ich ..."

Ich unterbrach: „Sie wollen uns sicher zum Ausgang begleiten. Das ist nicht nötig. Wir sind im Begriff zu gehen."

„Oh wie schade. Ich hätte Sie gerne durch die Ausstellung geführt."

Rupert klopfte ihm auf die Schulter. „Mit Vergnügen. Kommen Sie, Titus, folgen wir dem Herrn."

Der Kaplan sprach ein stark deutsch gefärbtes Englisch österreichischer Prägung. Seine Ausführungen waren umständlich: Er verwies auf die Höhe und Stärke der Mauer (15 mal 4,5 Meter), das Fassungsvermögen des Restaurants (2.000 Personen) und die Ausdehnung des Gottesstaates (sechs Mal so groß wie das Ausstellungsgelände der UNO). Die Ausstellung selbst war enttäuschend. Es gab künstlerische Annäherungen an den Menschen von heute, der, einmal mutwillig von der Kirche abgewandt, nur noch ein Verzweifelter, spirituell Unbehauster sein kann. Seidel schien bewegt, als er auf eine den modernen Menschen darstellende Collage deutete. Anstelle des Kopfes trug dieser eine Rechenmaschine, über das Herz war ein Kühlschrank geklebt. Zuletzt gingen wir durch zwei Räume, die dem Guten, Wahren und Tugendhaften sowie dem Schlechten, Falschen und Sündigen gewidmet waren. Als Allegorie des Guten hatte man eine Sixtinische Madonna gewählt; die Sünde wurde von einer lebensgroß aufgeblasenen Fotografie einer Schauspielerin verkörpert.

Rupert wandte sich an den Kaplan: „Sie wissen nicht zufällig, warum man unter allen Kreaturen des Satans ausgerechnet auf diese hier verfallen ist?" Seidel wusste es nicht. Rupert fasste ihn an der Soutane. „Ich stelle mir das so vor: Da hat sich eine Arbeitsgemeinschaft der Kongregation des Heiligen Offiziums versammelt, um über das Abbild der Sünde zu beraten. Das geschieht hinter verschlossenen Türen. Sämtliche Teilnehmer sind in einem Alter, in dem die Begierden des Fleisches längst abgestorben sind. Im Gegensatz zu der Empörung über jene, die noch in der Lage sind, solche zu empfinden. Zu Beginn der Sitzung wird der Heilige Geist angerufen. Der Leiter der vatikanischen Prüfstelle für moralgefährdende Schriften rollt ein Wägelchen durch den Saal und verteilt Anschauungsmaterial. Natürlich nicht er selbst, sondern irgendein Subalterner. Jemand wie Sie, Seidel."

Der Kaplan wirkte, als wäre er in einen Bann geraten, der ihn stumm und unbeweglich machte. Rupert ließ ihn los.

„Wie es weitergeht, können Sie sich vorstellen. Ein hastiges Schutzgebet gegen die Einflüsterungen des Teufels und seiner dunklen Helfer, dann geht es los. Man blättert sich durch Schmutzhefte. Man sieht Schundfilme. Das zieht sich über Tage hin. Dann beginnt die Abstimmung. Eine Vase aus Ton, die das Gefäß der Sünde symbolisiert, wird zerbrochen. Auf die Scherben schreiben die Teilnehmer ihre Wahl. Es werden etliche Vasen zerbrochen, da Uneinigkeit herrscht, wer die Sünde am verabscheuungswürdigsten verkörpert. Die Räumlichkeiten sind von erregten, mit greisenhafter Emphase geführten Diskussionen erfüllt. Einige der Filmausschnitte müssen nochmals gezeigt werden. Schließlich kristallisieren sich die Favoritinnen heraus. Natürlich ist Gina Lollobrigida darunter, die sich in der Rolle der Esmeralda aufreizenden Tänzen hingibt. Sie ist grell geschminkt, das Kleid hauteng und rot, eine Ziege ihr Haustier. Eindeutiger kann der Leibhaftige kaum auftreten. Zigeunerin ist sie auch noch. Und das alles vor der Kulisse von Notre-Dame de Paris. Wenn man, was einige tun, das Böse in der Neuen Welt ansiedelt, liegt Jayne Mansfield klar vor Marilyn Monroe. Die Art und Weise, wie sie sich als blonde Sirene lasziv in der Wanne räkelt, erinnert an die Mahnung eines großen Kirchenlehrers: *Das Weib ist die Einfallspforte des Teufels.* Von wem spreche ich, Seidel?

Der Kaplan verblieb in hypnotischer Trance. Ich sprang ein. „Tertullian."

„Ausgezeichnet. Hätte die Kirche Leute wie uns in ihren Reihen, stünde sie heute ganz anders da. Zurück zur Kür. Sie wird nach harten Auseinandersetzungen von einer Außenseiterin gewonnen, die in den Sparten durchnässtes Kleid und vorehelicher Verkehr überzeugen kann. Der Preis geht an Brigitte Bardot in *Und immer lockt das Weib.* Das also ist die Allegorie der Sünde. Sie klebt hinter Ihnen an der Wand. Und Sie armer Teufel sind dieser Versuchung über Monate hin alle Tage ausgesetzt. Möge Ihnen die Heilige Scholastika beistehen; einen besseren Wunsch habe ich nicht. Kommen Sie, Titus, verlassen wir diesen Ort der Versuchung." Ehe sich Rupert anschickte zu gehen, stellte er Seidel eine letzte Frage. „Sie haben nicht zufällig eines dieser bunten, kleinen Bildchen für mich? Vielleicht einen Heiligen Sebastian? Sie sagen ja gar nichts! Ich darf Ihr Schweigen als *Nein* deuten? Schade!" Wir gingen Richtung Ausgang. Rupert blieb stehen. „Wie lange, denken Sie, wird es dauern, bis diese Religion in die völlige Bedeutungslosigkeit zurückgefallen ist?

„Schwer zu sagen. Die Ägypter haben dreitausend Jahre durchgehalten."

„So lange gebe ich den Katholiken nicht. Das schaffen sie nie. Machen wir uns nichts vor: Wenn dieses Pontifikat zu Ende geht, wird es Veränderungen geben. Die Kirche schielt nach der Moderne. Pius' Nachfolger werden den Ritus verwässern und das Zeremoniell aushöhlen. Gehen Sie davon aus, dass die Messe bald nicht mehr auf Latein, sondern in der Landessprache gelesen wird. Von Geistlichen, die ihrer Gemeinde anstelle des Rückens das Gesicht zuwenden werden. Gesichter, in denen das Mal der Dummheit eingegraben ist. Leute wie Kaplan Seidel. Mehr braucht es nicht, um das Mysterium zu zerstören. Die Kirche geht dunklen Zeiten entgegen. Dunklen Zeiten, Titus!"

*

Draußen hatten die Wolken aufgerissen. Rupert blinzelte träge in den Himmel. „Lassen wir es für heute gut sein. Unsere Gänge haben mich ermüdet. Fahren wir in die Stadt zurück. Ich nehme Sie mit, Sie liegen am Weg."

„Sie wissen ja gar nicht, wo ich abgestiegen bin."

„Das spielt keine Rolle. Sie liegen am Weg."

Es gestaltete sich schwierig, ein Taxi zu bekommen.

„Wohin?", fragte der Fahrer.

„Crustacé rouge. Gare midi."

Im Rückspiegel beobachtete ich, wie der Fahrer ein verächtliches Gesicht schnitt. Rupert zeigte sich auffallend interessiert. „Sie wohnen beim Bahnhof? Keine schlechte Wahl, wenn man soziologische Studien treiben will. Was Sie als Fotograf ja zweifellos tun. Das erinnert mich an meinen alten Freund Cecil, der ebenfalls eine Schwäche für Bahnhöfe hat. Er fotografiert auch – Sie haben nicht zufällig seine Bekanntschaft gemacht? Cecil stammt ..."

Es war viel Verkehr, wir kamen nur langsam voran und Rupert, der gewohnt ausschweifend über Cecil und dessen Vorliebe für Bahnhöfe und die königliche Familie berichtete, ging mir entsetzlich auf die Nerven. Erst als der Wagen vor dem Hotel stehen blieb, riss der Redeschwall ab. Er schaute aus dem Fenster, kurbelte die verschmutzte Scheibe herunter, schaute noch einmal. Dann bat er den Fahrer und mich zu warten, stieg aus und verschwand im Hoteleingang. Bald darauf riss er die Wagentür auf: „Man kann es auch übertreiben."

„Womit?“, fragte ich.

„Mit den Studien. Alles, was recht ist, aber hier, mein Lieber, können Sie nicht bleiben. An einem solchen Ort geht man zugrunde. Holen Sie Ihr Gepäck, ich warte so lange im Wagen.“

Ich war zu perplex, um zu widersprechen, und tat, wie mir geheißen. Rupert machte Notizen, als ich zurückkam. Er deutete auf meinen Koffer.

„Das ist alles? Sie reisen leicht. Sehr vernünftig. Ich wünschte, ich hätte Ihre Vernunftbegabung. Jetzt besorgen wir noch die Sachen, die Sie zum Entwickeln der Bilder benötigen, und dann fahren wir in mein Quartier. Es gehört einem entfernten Verwandten. Ein völlig geistloser Mensch. Er ist in die Politik gegangen, dort fällt das normalerweise nicht so auf. Aber selbst dort ist er eine ähnliche Fehlbesetzung wie Caligulas Pferd als Konsul.“

Der entfernte Verwandte besaß ein herrschaftliches Anwesen inmitten eines parkähnlichen Geländes. Mein Koffer, mein Anzug, ich selbst kam mir mit einem Mal ausgesprochen schäbig vor. Wir stiegen aus, Rupert erklärte den Hausbrauch: An sich könne man tun und lassen, was man wolle, der Verwandte sei derzeit im Ausland und gut versichert. Schuhe vor die Zimmertür, Gewand auf den Boden. Es gebe Personal, das sich darum kümmere. Das Telefon befinde sich in der Eingangshalle, ich könne es skrupellos benutzen. Er selbst habe gestern Abend vor dem Weggehen die Zeitansage in London angerufen und den Hörer danebengelegt. Die Familie des Verwandten habe ihr Vermögen im Kongo erworben. Auf widerwärtigste Art und Weise – sie solle jetzt selbst einmal bluten. Wenigstens in finanzieller Hinsicht. Dinner gegen acht, informell, keine Abendkleidung.

Das Zimmer, in dem ich meinen Koffer abstellte, war groß und ging nach Norden. Es wäre auch ohne die dunklen, mit zahlreichen Schnitzereien verzierten Möbel düster gewesen. Obwohl es mich an das sogenannte Herrenzimmer meines Vaters erinnerte, erschien es mir nach der vergangenen Nacht einladend. Es hatte ein eigenes Bad mit einer mächtigen, auf vier Löwenfüßen stehenden Wanne. Während das Wasser einlief, richtete ich eine provisorische Dunkelkammer ein. Dann glitt ich in die Wanne, tauchte unter und verharrte in diesem angenehm amphibischen Zustand, bis der Drang nach Luft übermächtig wurde. Das Erste, was ich nach dem Auftauchen wahrnahm, war Rupert. Instinktiv bedeckte ich mein Geschlecht. Er zeigte nicht das geringste Anzeichen von Verlegenheit, fand anerkennende Worte für die Dunkelkammer, ehe er fragte: „Haben wir vor dem Abendessen noch etwas Zeit?"

„Zeit wofür?", fragte ich gepresst.

„Einen Aperitif."

„Ich denke, das lässt sich einrichten."

„Wunderbar." Er verschwand. Ich schöpfte Luft. Dann begannen sich die Assoziationsmühlen in meinem Kopf zu drehen. Rupert hatte eine Hausjacke getragen, die einem Uniformrock ähnelte. Einen von der Sorte, wie ihn Polizisten tragen. Polizisten wie Bob.

Der Aperitif wurde im sogenannten Kaminzimmer eingenommen. Rupert wollte wissen, ob mein angespannter Gesichtsausdruck im Zusammenhang mit dem

Haus stünde. Das wäre ihm unangenehm, schließlich sei er es gewesen, der mich hierhergebracht habe. Entführt gewissermaßen. Ich starrte schweigend in mein Glas. Erstaunen würde es ihn nicht. Ein solches Unbehagen könne er nachvollziehen. Natürlich wäre ihm klar, dass es sich bei dem Haus um die Umsetzung wallonischer Großmannssucht in ihrer ordinärsten Ausprägung handle. Ganz zu schweigen von der Einrichtung, diesem Historismus-Unglück mit all den Sphinxenköpfen, Greifenflügeln und sonstigem Zierrat. Einmal mehr zeige es sich, dass ein Haus immer seine Besitzer spiegle, und diese entfernten Verwandten wären nun einmal klassische Emporkömmlinge der zweiten Hälfte des neunzehnten Jahrhunderts gewesen. Ich versicherte, dass die Ursache meiner Unrast in der Gegenwart liege, nicht in der Gründerzeit. Ein zweites Glas Whisky würde helfen, die bösen Geister zu bannen. Dem Wunsch kam er gerne nach.

Worüber sich Rupert später bei Tisch äußerte, ist mir nicht mehr erinnerlich. Es war wie ein permanentes Rauschen, das zwar an mein Ohr, nicht aber in meinen Kopf drang. Noch während der Vorspeise tat ich etwas zutiefst Ungehöriges. Ich murmelte etwas von einem dringenden Telefonat und ging aus dem Zimmer, wobei ich noch im Abgang stehen blieb, um eine Zigarette anzuzünden. Es bedurfte mehrerer Zigaretten, bis ich die Nummer wählen konnte. Während es läutete, lief in meinem Kopf ein Kurzfilm ab. Als Schauplatz der Szene fungierte die Wohnung in Manchester. Ich sah Bob, der stürmisch an der Tür klingelte. Er trug die Ausgangsuniform, die seinen Bauchansatz so gut kaschiert. Helene öffnete, lediglich mit einem Morgenmantel bekleidet. Ich wusste, dass sie nichts darunter trug. Sekunden später wälzten sich zwei Körper über den Linoleumboden. Es waren keine Bilder eines Kampfes, die sich in meinem Kopf abspielten, es war reine Ekstase. Ich ließ es lange läuten, wobei ich daran dachte, dass die Uniform bei den Deutschen seit den Tagen Friedrichs des Großen das Vorspiel ersetzt. Schließlich hängte ich ein. Es überraschte mich wenig, Ruperts Stimme zu hören.

„Sie haben mich missverstanden. Der Hörer wird neben das Telefon gelegt. Nicht auf die Gabel." Er lächelte nachsichtig. „Ziehen wir uns zurück. Ich habe zu schreiben, Sie müssen Fotos entwickeln. Omnia vincit labor – die Arbeit besiegt alles. Nicht die Liebe. Hier hat Vergil geirrt."

Sieben entwickelte Filmrollen später streckte ich mich mit einer Kombination aus Gin und Schlafmitteln nieder. Die nächste Erinnerung ist in Schmerz getaucht. Ich liege im Bett, bin vollständig bekleidet und werde von Rupert, der mir Luft zufächelt, wach geschrien. In Wirklichkeit schrie er nicht, er fächelte mir auch keine Kühlung zu. Er wedelte vielmehr mit den Abzügen, wobei er mit tief einschneidender Oberschichtstimme versicherte, wie großartig er meine Fotos finde. Das Licht in der Kirche des Vatikans. Genau so stelle er sich die Innenansicht des Hades vor. Die Dynamik der fliehenden Hostess im russischen Pavillon – eine Allegorie auf das vom Kapitalismus gehetzte kommunistische Wild. Er selbst im

Disput mit dem Chorherrn – ein bildhaftes Gleichnis von Irrtum und Wahrheit. Er hielt mir einen Abzug vors Gesicht und lachte blökend. Ich gab einen unwirschen Laut von mir, zog die Decke über den Kopf und drehte mich zur Seite. Rupert öffnete die Vorhänge, dann das Fenster. Es klang nach Regen. „Es ist helllichter Tag! Stehen Sie auf, Herr Fotograf. Wir haben große Dinge zu vollbringen!" Ich reagierte mit einem grunzenden Laut. Er kam zum Bett zurück, begann mich zu rütteln. Ich packte seine Hand und fauchte: „Ich sage Ihnen jetzt etwas. Sie gehen auf der Stelle. Sie kommen in frühestens zwei Stunden wieder. Sie werden klopfen und das Zimmer erst dann betreten, wenn ich *Herein* gesagt habe. Haben Sie mich verstanden?!"

„Vollkommen. Und ich möchte noch anmerken, dass ich Ihnen Ihr rüdes Verhalten nachsehe. Sie sind ein Lichtzeichner, ein Lichtbildkünstler gewissermaßen und als solcher in stärkerem Maße Stimmungen und Launen ausgesetzt als ein gewöhnlicher Fotograf. Ich weiß, wie das ist. Man zahlt einen hohen Preis dafür, wenn man aus der Masse herausragt. Unverständnis, Einsamkeit, der Neid des Herdenviehs auf den Schwan. Mir ist noch gut in Erinnerung ..."

„Gehen Sie endlich!"

„Ich wollte nur noch sagen, dass ich eine Schwäche für Dr. Jekyll & Mr. Hyde habe, Mr. Hyde." Er zog die Tür sachte hinter sich zu.

Exakt zwei Stunden später (so vermute ich jedenfalls) klopfte es. Ich ließ etwas Zeit verstreichen, ehe ich *Herein* rief. Ich klang leidend, wie eine schlechte

Kopie meiner Mutter. Rupert befand sich in Begleitung eines Zimmermädchens. „Es hat den Anschein, als ob der Herr wieder in seine Existenz als Dr. Jekyll zurückgefunden hätte. Hier – trinken Sie das." Er nahm ein Glas vom Tablett des Zimmermädchens, das mit einer widerlich aussehenden Flüssigkeit gefüllt war. Es erinnerte an das Sputum eines hoffnungslos lungenkranken Menschen.

„Was ist das?", fragte ich angewidert.

„Das? Das ist eine Prärieauster. Sie wird Ihnen helfen, durch den Tag zu kommen. Ich habe sie nach einem alten Familienrezept hergestellt. Wir verwenden Stieglitz- anstelle von Hühnereiern. Wie bei der Wiener Auster. Kennen Sie die Wiener Auster? Nein? Das wundert mich. Kein Tomatensaft, ich verabscheue Tomatensaft. Was ungünstig ist, da in meiner Familie der Tod meist im Darm sitzt. Doppelt so viel Worcestershiresauce wie üblich. Grüner Pfeffer. Und einen bescheideneren Cognac. Aber hier habe ich einen achtzehnhundertneunundachtziger gefunden. Ein vorzüglicher Jahrgang. Der dient als Basis. Das ist das einzig Erfreuliche an Parvenüs. Sie haben gut gefüllte Keller. Wenn man nichts zu sagen hat, dann redet man über Wein und Spirituosen. Und jetzt hinunter damit, aber achten Sie darauf, den Dotter nicht zu zerbeißen, der Dotter bindet das Gift."

Ich trank. Es schmeckte, wie es aussah. Rupert lächelte. „Ausgezeichnet." Er zog eine silberne Dose hervor, öffnete den Deckel, reichte sie mir. Sie war bis zum Rand mit kleinen, weißen Tabletten gefüllt.

„Und nun zum abschließenden Teil der Kur. Die Bennies. Nehmen Sie zwei davon. Ich versichere Ihnen, Sie werden sich gleich wie neugeboren fühlen."

*

Wir saßen im Taxi Richtung Weltausstellung. Alles machte einen stark beschleunigten Eindruck; die Geschwindigkeit des Fahrzeugs, die Bewegungen der Passanten; selbst die unablässig tadelnde Stimme Ruperts.

„Zwei, habe ich gesagt. Nehmen Sie zwei. Das waren meine Worte. Nicht: Nehmen Sie sechs. Sie sind ja vollkommen wahnsinnig. Sechs Bennies! Benzedrin ist doch kein Pfefferminz." Ruperts Aufregung belustigte mich, ich machte Aufnahmen von ihm. „Und ich habe nichts, womit ich Sie wieder herunterholen könnte. Ich habe keine Downer mitgenommen. Das Beste wird sein, ich nehme auch noch welche, damit ich mit Ihnen Schritt halten kann."

Für einen unbeteiligten Beobachter müssen Rupert und ich in den folgenden Stunden einen auffällig energiegeladenen Eindruck gemacht haben. Es war nicht so, dass wir das Gelände betraten, als wir aus dem Wagen stiegen – wir stürmten es. Ohne dass es eigens angesprochen werden musste, war klar, dass die Verdikte des Vortags aufgehoben waren. Wir sahen Ausschnitte eines Walt-Disney-Films, verkosteten polnische Würste, tranken frisch abgefülltes Coca-Cola. Selbst dem Deutschen Pavillon machten wir unsere Aufwartung. Immer aber redeten wir laut aufeinander ein, und ausnahmslos fanden sich freundliche Herren, die uns baten, den Pavillon wieder zu verlassen.

Der Anzahl der verschossenen Filme nach zu schließen, muss die Wirkung der Bennies lange angehalten haben. Die Ernüchterung setzte in einer Halle ein, die der Fauna der belgischen Kolonien gewidmet war. Wir wandelten zwischen ausgestopften Tieren, Antilopen, Schimpansen, Leoparden; ich fühlte mich mit einem Mal deprimiert und sterblich. Rupert schien es ähnlich zu gehen. Auf der Höhe des Elefanten, dessen Rüssel ein bunter Vogel zierte, blieb er stehen.

„Ausgerechnet jetzt. Mitten im Herz der Finsternis. Ob wir lebend aus dieser Urwaldhölle kommen? Was meinen Sie, Stanley?"

„Ich denke, wir haben eine reelle Chance, Livingstone. Dort drüben, neben der Gorillafamilie, ist der Ausgang."

Der Ausgang mündete in einem nachgebauten Kongodorf. Irgendjemand aus dem Kolonialministerium (Rupert mutmaßte, dass der entfernte Verwandte mit der Sache zu tun haben könnte) hatte die Idee gehabt, es mit Eingeborenen auszustatten. Die Eingeborenen waren von einer schlechten Regie vor ihren Lehmhütten positioniert worden. Ich sah Männer, die Masken schnitzten, Frauen, die Wurzeln zerstampften, eine gemischte Gruppe, die Tanzdarbietungen zum Besten gab. Am Rand des Dorfes saß eine Familie unter einer Palme aus Pappmaché und las in der Bibel. Daneben befand sich als einzig gemauertes Gebäude die katholische Mission. Einer, der sich uns von hinten genähert haben musste, bat um eine Spende, wobei er mit der Büchse schepperte. Sie war mit der Zeichnung eines bekümmert dreinblickenden schwarzen Kindes beklebt. Es trug ein Röckchen aus Bast.

„Wofür sammeln Sie?“, wollte Rupert wissen.

„Für den Freikauf von Heidenkindern.“

„Die sich wo genau befinden?“

„In der Finsternis. In der ewigen Dunkelheit. Dort, wohin Gottes Licht nicht scheint. Mit dem Geld wird es der Heiligen Mission ermöglicht, Kinder zu taufen und ans Licht zu führen.“

„Ich habe kein Geld bei mir“, sagte Rupert. „Aber ich könnte Ihnen einen Tritt geben. Einen Hauch von Martyrium. Wenn Sie wollen, auch mehr als einen Hauch. Was halten Sie davon?“

Der Büchsenträger entfernte sich eilig. Vor den wurzelstampfenden Frauen nahm eine Dreiergruppe Aufstellung; Vater, Mutter, ein halbwüchsiger Sohn. Sie lehnten am Zaun, aßen Pommes frites und starrten. Selbst von hinten machten sie den Eindruck einer seit Anbeginn der Arbeitsteilung im Fleischergewerbe verwurzelten Familie. Der Sohn warf den Frauen seine zusammengeknüllte Tüte in den Mörser. Die Eltern lachten brüllend. Rupert packte den Jungen an den Knöcheln und kippte ihn über den Zaun. Die Eltern ließen schreiend ihr Essen fallen. Die Eingeborenen bleckten die Zähne. Wir wurden von zwei bierbäuchigen Aufsehern aus dem Bereich des Dorfes eskortiert. Unnötig zu erwähnen, dass ihre etwas zu klein geratenen Köpfe von Tropenhelmen bedeckt waren.

Vom Kongo nach Marokko war es nur ein kurzes Stück. Wir verließen das Herz der Finsternis über die Allee der Belgier, hielten uns rechts Richtung Beneluxeingang und gingen die Rückseite des niederländischen Ausstellungsgebäudes entlang. Etwa bis zu der Stelle, wo sich der Kehlkopf der Kuh befand. Dort angelangt, ließen wir uns in der Teppichabteilung nieder. Rupert orderte eine Wasserpfeife, Konfekt und thé à la menthe. Als die Pfeife entzündet und der Tee eingeschenkt worden war, begann er von seiner periodisch wiederkehrenden Sehnsucht nach den Küsten des Mittelmeers zu erzählen. Früher wäre diese gut auf Capri zu stillen gewesen, ein zu diesem Zweck geradezu idealer Ort, wie schon von Tiberius („Vollkommen unterschätzter Cäsar, Titus!") klug erkannt worden wäre. Capri sei ihm in der Zwischenzeit freilich von den Tagestouristen verdorben worden. Ich könne mir keine Vorstellung machen, was seit einigen Jahren am Hafen von Sorrent alles aus den Bussen steige, ja oftmals angetrunken falle. Horden in beigen Jacken, mit speckigen Schenkeln. Affenmenschen, die, kaum auf der Fähre Platz genommen, mit Dosenwurst belegte Brote verzehren. Dazu die von Mund zu Mund gehenden, mit billigstem Wein gefüllten Flaschen. Auseinandersetzungen um die leer getrunkenen Korbflaschen, aus denen zu Hause Lampen gebastelt werden. Kein Auge für die Schönheit der sich nähernden Insel. Er wolle nicht klagen: Das sei der Preis der Erbsünde, die Vertreibung aus dem Paradies. Rupert sog an der Pfeife. Das Wasser blubberte. Mit der französischen Riviera verhalte es sich ähnlich, auch dort habe der Kleinbürger

Einzug gehalten, der auf den Stränden seine Wurstbrote verzehre.

„Ihr Schicksal macht mich tief betroffen", sagte ich. Ob es denn Orte gebe, an denen der Leidensdruck weniger stark ausgeprägt wäre?

Er nippte am Tee. „Tanger war eine gute Destination, um die Sinne zu erfreuen. Murad, Jussuf, Ibrahim. Die Stunden mit Paul, Francis, William, Truman, Cecil. Sternstunden. Kennen Sie Cecil? Er fotografiert auch. Cecil hat eine Vorliebe für …"

„Sie erwähnten ihn bereits."

„Tatsächlich? Ich sollte mit den Bennies etwas vorsichtiger sein." Er inhalierte tief. „Die goldenen Tage von Tanger sind jedenfalls vorbei. Ich werde nie das Licht und die Farben vergessen. Man sitzt auf der Terrasse, blickt aufs Meer, sieht, wie die Aurorafalter vorbeifliegen. Schmetterlinge von großer Schönheit. Gelbtöne, die man bei uns vergeblich sucht. Namentlich im Frühling, wo sie höchstens ..." Er verstummte. Etwas, das sich außerhalb meines Sichtfeldes befand, hatte seine Aufmerksamkeit erregt. Er richtete sich auf. „Erstaunlich. Hier hat sich jemand etwas gedacht. Das müssen wir uns ansehen."

„Was denn?", fragte ich.

„Den Pavillon dort drüben. Ich möchte wissen, was man dort zu sehen bekommt."

„Wie kommt es?"

„Weil eine Hostess hineingegangen ist."

„Sie interessieren sich für Hostessen?"

„Ich würde mein Interesse an Hostessen als mäßig bezeichnen. Ich interessiere mich für ihre Uniform.

Vielmehr für ein Detail. Ich frage mich: Ist es ein Zufall, dass das Tuch die Färbung des Marokkanischen Aurorafalters hat?“

Ich bekam einen Lachanfall. Ich drehte mich nicht um.

*

Als ich realisierte, worauf wir uns zubewegten, blieb ich stehen. Rupert, der meine Erstarrung missdeutete, meinte, das sei genau die Stelle, von der aus auch er die erste Aufnahme gemacht hätte. Im Vordergrund die im Wind klirrende Fahne. Im Hintergrund der Pavillon, der ihn an eine schwebende Schuhschachtel erinnere. Er streckte die Hand aus.

„Und jetzt fängt es natürlich an zu regnen. Machen Sie schnell, sonst hängt die Fahne wie ein nasser Fetzen herunter und die ganze Dynamik ist beim Teufel.“

In mir stieg ein Gefühl hilfloser Wut hoch. Ich wählte eine falsche Blende, ehe ich den Auslöser betätigte. Der Regen wurde stärker. Rupert lief zum Eingang, ich hinterher. Er wischte sich mit dem Ärmel über das Gesicht, ging zum Informationsstand. Dahinter stand ein diensteifrig wirkender junger Mann.

„Kann ich Ihnen behilflich sein?“

„Sie können. Was tragen Sie für eine Krawatte?“

„Eine gelbe“, sagte der junge Mann.

„Das sehe ich. Was ist das für eine Antwort? Versuchen Sie krampfhaft originell zu sein?“

Der junge Mann war perplex.

„Sie sind eine katastrophale Fehlbesetzung. Wie mein Cousin."

Er langte nach der Krawatte. Der junge Mann gab einen Angstlaut von sich. Rupert war im Begriff, die Krawatte zu wenden, als sich eine empörte Stimme vernehmen ließ. „Lassen Sie Herrn Kafka augenblicklich los!"

Rupert drehte sich um. Vor ihm stand eine Hostess. Er lupfte den Hut. „Vielleicht können Sie mir weiterhelfen, mein schönes Fräulein. Dieser inkompetente Mensch ist nicht in der Lage …"

Sie wies ihn zurecht. „Sie sollten sich schämen, so über Herrn Kafka zu reden. Im Übrigen bin ich kein schönes Fräulein. Und jetzt zu Ihrer Frage. Was wollen Sie wissen?"

„Von wem ist die Uniform, die Sie so ausgezeichnet kleidet?"

„Von W.F. Adlmüller."

„Ich nehme an, Herr Adlmüller hat auch die Krawatte von diesem Herrn Kafka …"

„Richtig."

„Kann man die Krawatte käuflich erwerben?"

„Nicht in diesem Pavillon. Möglicherweise im Stammhaus von Herrn Adlmüller. Es befindet sich in Wien. Daneben unterhält er Niederlassungen in München und Bad Gastein."

„Ein Freund der Provinz. Tragisch. Er sollte es in Paris versuchen. Oder in Mailand."

„Haben Sie sonst noch Fragen?"

„Ja. Glauben Sie, dass mir Herr Kafka seine Krawatte verkaufen würde?

„Das kann ich ausschließen. Sie ist Teil seiner Dienstkleidung und als solche unverkäuflich. Wenn mich der Herr jetzt entschuldigen möchte." Sie verschwand mit energischen Schritten.

Ich gesellte mich zu Rupert. „Sie sollten mit den Bennies wirklich vorsichtiger sein. Lassen Sie uns gehen. Der Ort ist entsetzlich."

„Der Ort ist alles andere als entsetzlich. Wir gehen jetzt hinauf. Und Sie besorgen bitte bei Herrn Kafka einen Führer. Ich mache inzwischen einen Erkundungsgang."

Wie ich bald darauf feststellte, war Rupert nicht weit gekommen. Er lehnte mit geschlossenen Augen an einer großen, roh gefügten Kugel. Ich machte ein Foto, das ich geistig mit dem Titel *Sisyphus im Tweed* versah. Beim Klicken des Auslösers öffnete er die Augen.

„Hoffentlich ist die Blende diesmal besser gewählt." Er trommelte mit den Fingern an die Kugel. „Was mag es damit auf sich haben? Ist es ein Kultstein, ähnlich der Kaaba? In diesem Fall sollten wir ihn umrunden. Sieben Mal, wie es Großonkel Burton getan hat. Was meinen Sie?"

Ich antwortete nicht.

„Oder dient es profanen Zwecken und wird abends vor den Eingang gerollt? Ähnlich dem Stein, mit dem Polyphem seine Höhle verschloss?" Er sah mich an. Ich schwieg und drehte am Objektiv.

„Ja, Sie müssen doch eine Meinung haben!"

„Vielleicht gehört sie zu dem riesigen Skarabäus, der oben in der Schuhschachtel seine Behausung hat?"

Er schwieg. Ich gab ihm den Führer. Er blätterte.

„So. Hier. Aha. Wir lagen falsch. Es handelt sich um eine vier Meter hohe Kugel aus Rohmagnesit, die Österreichs Reichtum an Bodenschätzen symbolisiert. Wie auch die 120 Fass Rohöl, die hier irgendwo herumstehen. Nehmen darauf Bezug, dass wir uns im Pavillon des drittgrößten Erdölproduzenten Europas befinden."

Er klappte die Broschüre zu. „Gott, ist das langweilig."

Ich witterte eine Ausbruchsmöglichkeit. „Das sagte ich bereits. Ein vollkommen uninteressanter Ort. Lassen Sie uns gehen."

Er machte eine Geste des Bedauerns. „Ich fürchte, das ist nicht möglich. Da drinnen ist etwas. Ich kann Ihnen nicht sagen was. Ich weiß nur, dass es von eminenter Bedeutung ist. Dass wir hinein *müssen*. Und da man Reisen ins Ungewisse niemals alleine antreten sollte, würde ich Sie bitten, mich zu begleiten."

„Ich habe Gründe, es nicht zu tun."

Rupert begann, mich langsam zu umkreisen. Mit gedämpfter Stimme erzählte er von den Erfahrungen, die Odysseus, Dante, Vergil und Jesus in der Unterwelt gemacht hatten. Von der Notwendigkeit solcher Erfahrungen; namentlich für jemanden wie mich. Ich spürte, dass ich Gefahr lief, vom Sog seines Wortstrudels erfasst und auf den Grund der Willenlosigkeit gezogen zu werden.

„Von hoher, ja höchster Importanz", flüsterte er. „Wenn man von dieser Reise zurückkehrt …"

„Wenn", sagte ich. Aber der Sog war bereits zu stark.

„Hat man keine Angst mehr“, fuhr er, mich unbeirrt weiter umkreisend, fort. „Stellen Sie sich einmal vor, ein Leben ohne Furcht.“

Ich war am Grund angelangt. Rupert wusste, dass er mich hatte, wo er mich haben wollte. Er blieb stehen und drückte mir etwas in die Hand.

„Hier. Cognac von achtzehnhundertneunundachtzig. Ein ausgezeichneter Jahrgang. Stärken Sie sich, man muss sich vor solchen Gängen stärken.“

Ich machte das, was zum Tode Verurteilte gemeinhin tun, und trank den Flachmann leer. „Und wenn die Reise fatal endet?“

Er lächelte. „Soll sie. Machen wir uns nichts vor. Werden Sie jemandem abgehen? Ich nicht.“

*

Der Eingang zum Ausstellungsbereich lag sechs Meter über der Erde. Man erreichte ihn über eine Treppe. Rückblickend muss ich zugeben, dass sie, wie der gesamte Pavillon, ansprechend gestaltet war. Rupert, der einen Sinneswandel zu befürchten schien, bat mich vorauszugehen.

Auf halbem Weg befand sich eine Plattform, auf der ich stehen blieb. Einen Augenblick hatte ich einen unklugen Gedanken. Rupert erriet ihn. „Das zahlt sich nicht aus. Viel zu niedrig. Wahrscheinlich nicht einmal ein Beinbruch. Und wenn doch: Stellen Sie sich die Hölle vor. Multiplizieren Sie diese Vorstellung mit der Zahl 666, dann haben Sie ein wallonisches Krankenhaus.

Machen Sie lieber ein Foto vom Atomium. Von hier sieht es etwas weniger grässlich aus, weil die Bäume die Stützkonstruktion verdecken – sagten Sie etwas, Titus?"

„Ich glaube, ich kann nicht mehr."

„Ein interessantes Gefühl. Ich kenne es von den Arztbesuchen nach meinen Aufenthalten in Tanger. Sie dämpfen die Sehnsucht nach dem Süden. Aber Sie, Titus, dürfen niemals vergessen, dass Sie ein privilegierter Delinquent sind. Als Fotograf haben Sie die theoretische Möglichkeit, die Ursache Ihres Todes festzuhalten. Darum beneide ich Sie."

Ich klammerte mich ans Geländer, sah, wie die Knöchel weiß hervortraten, spürte, wie das Gesicht rot wurde. Österreichs Farben. Dann brach es aus mir heraus: „Die Ursache meines Todes sind aller Voraussicht nach *Sie*. *Sie* habe ich bereits fotografiert. Mehrfach. Es existiert eine ganze Todesserie."

„Verstehe. Der Aufstieg nimmt Sie mit. Machen wir eine Pause." Er vertiefte sich in Kafkas Führer.

„Ich habe schon wieder geirrt. Das, worauf wir uns zubewegen, hat nichts mit einer Schuhschachtel zu tun. Über uns schwebt die architektonische Umsetzung der Idee von der geistigen Brückenstellung Österreichs. Hören Sie zu: *An der Schwelle des dritten Jahrtausends möchte Österreich Brücke sein. Brücke zwischen dem rauen Osten und dem unbeständigen Westen, dem eisigen Norden und dem milden Süden. Am Schnittpunkt der Welten gelegen, tragen wir unsere Herzlichkeit in alle Länder*. Sehen Sie? Sie können ganz unbesorgt sein. Keine Spur vom Herz der Finsternis. Nur saubere, frische Herzlichkeit. Wobei – fanden Sie die Hostess im Eingangsbereich besonders herzlich?"

Wenn du nicht gleich dein Maul hältst, werfe ich dich über die Balustrade. – Ich sprach es nicht aus. Natürlich hielt er es nicht; natürlich tat ich nichts dergleichen.

Er blätterte weiter. „Wir werden noch mit ganz anderen Dingen konfrontiert werden. Österreichs *Beiträge zur Vermenschlichung der Welt.* Jetzt bin ich gespannt: *Man spricht dem Österreicher die Begabung zu, Gegensätze auszugleichen und wie in einem Musikstück Dissonanzen aufzulösen, um die Harmonie, die wohltuende Ausgewogenheit der Kräfte, wiederherzustellen.* – Das ist rührend, wenngleich es ins Süßliche geht. Ich erlaube mir, das Folgende zu kürzen, sonst gesellt sich zu Ihrer Erstarrung noch eine Verklebung. Hören Sie sich das an: *Hüter und Bewahrer eines bedeutenden Schatzes europäischer Kunst- und Kulturwerte. Selbst in schwierigen Zeiten ein Hort der Menschlichkeit. Wenn politisch auch unbedeutend geworden, so doch eine geistige Weltmacht: Werfel, Zweig, Freud, Schönberg.*" Er steckte die Broschüre ein. „Genug gerastet, genug belehrt. Ich fühle mich ausreichend eingestimmt. Ihre Dissonanzen werden sich im Ausstellungsbereich in Nichts auflösen. Dort lodern tellurische Flammen, die Sie peinigen und läutern werden. Ein Scherz, Titus, ein Scherz. Es erwarten uns vielmehr Höhepunkte staatlicher und kultureller Größe. So steht es in den Unterlagen. Und die sind amtlich. Bilden Sie doch bitte wieder die Vorhut. Was meinen Sie, werden wir in diesem Hort der Menschlichkeit auch eine Hitler-Büste zu sehen bekommen?"

Ich stieg die Stufen zwischen Plattform und Ausstellungsbereich wie auf ein Schafott hinauf. Es waren neunzehn. Bei der letzten machte ich Anstalten umzukehren, aber Rupert stieß mich über die Schwelle. Drinnen packte er meine Schulter, bugsierte mich durch den Raum und drückte mein Gesicht gegen das Glas einer Vitrine.

„So, mein Lieber. Jetzt erklären Sie mir, was daran furchtbar sein soll! Was sehen Sie?!"

Ich sah nichts, die Distanz war zu kurz. Doch war die Frage rhetorischer Natur und zielte nicht auf Wissensgewinn.

„Eine Urkunde, die Wien zum Sitz der Internationalen Atomenergiebehörde bestimmt." Er zerrte mich zur nächsten Vitrine. „Der Österreichische Staatsvertrag. Auch kein Dokument des Schreckens. Weiter. Die Schlussakte vom Wiener Kongress. Und weiter. Ein Ehevertrag der Habsburger. Hat ihre Ländereien beträchtlich erweitert. Wie auch den Abstand zwischen Unter- und Oberkiefer. Inzest, wie man ihn sonst nur in abgeschiedenen Bergtälern findet. Davon abgesehen sehe ich nichts, was auch nur die geringste Aufregung rechtfertigen würde. Kein einziger Teufelspakt. Banale Zeugnisse eines über Jahrhunderte ungebrochenen Verwaltungseifers. Juristenstolz. Der klassische Ausstellungseinstieg eines Erbsenzählers. Zumindest auf den ersten Blick. Doch Vorsicht! Ich vermute, in Wirklichkeit haben wir es mit einer List zu tun, um Besucher davon abzuhalten, weiter vorzudringen. Eine Barriere der Langeweile. Das würde auch den ausgefressenen Putto am Übergang zum nächsten Raum erklären. Gehen wir davon aus, dass er im Dienst bewusster Irreführung steht. Der Versuch, das Erhabene der Begaffung durch die Masse zu entziehen. Verstehen Sie, was ich meine, Titus?"

Er wäre gut beraten, mit den Amphetaminen aufzuhören, dachte ich.

„Lassen Sie den armen Menschen doch endlich los." Die Stimme war ruhig, aber bestimmt. Sie hatte einen Beiklang von Erlösung. Rupert ließ los.

„Sind Sie nicht die Hostess vom Empfang? Eine", er schlug die Broschüre auf, „*Mischung aus Jugend, Bildung, Liebreiz und Pflichtbewußtsein*? Sie kommen wie gerufen. Können Sie mir erklären, was es mit all diesen Papieren auf sich hat?"

Die Hostess konnte. Obwohl ihre Augen zornig blitzten, bewahrte sie Contenance. „Es handelt sich um vier Dokumente, die die Brückenstellung Österreichs zwischen Ost und West bezeugen." Rupert pfiff den Marsch aus der Brücke am River Kwai. Es war mir entsetzlich peinlich. Die Hostess blieb ungerührt. „Wenn sich der Herr für Filmmusik interessiert, würde ich ihm den amerikanischen Pavillon empfehlen. Österreich ist ein Land der Klassik."

Rupert brach ab. „Sie klingen wie die junge Paula Wessely. Um Sie ist mir nicht bange. Vorausgesetzt, Sie widerstehen den Werbungen der ältlichen Galane. Und jetzt hätte ich eine Bitte: Wären Sie so freundlich, uns durch die Ausstellung zu führen?"

„Nur, wenn Sie mir versprechen, dass Sie sich zivilisiert verhalten."

Rupert hob die Hand, wobei er die Schwurfinger spreizte. Man sah, dass er kurz davor war, eine Erklärung von längerer Dauer abzugeben. Die Hostess kam ihm zuvor.

„Mein Name ist Erika, und nachdem Sie sich für diesen Raum nicht erwärmen konnten, nicht einmal für unseren herzigen Rainer (dabei strich sie dem Putto über die Wade), darf ich Sie in die nächste Abteilung bitten. Sie ist einer Schatzkammer nachempfunden, in der unter anderem Kunstwerke aus vor- und frühchristlicher Zeit zu sehen sind."

Drei Schritte später standen wir vor Fibeln, Kreuzen und Kelchen und hörten die dazugehörigen Geschichten, die mich nicht sonderlich interessierten. Mir fehlt die Gabe, die notwendig ist, um sich an Zivilisationsschutt erfreuen zu können. Im Gegensatz zu Rupert. Nach dem Zivilisationsschutt kam der Bereich, der den Heroen der Technik gewidmet war. Ressel, der die Schiffsschraube erfunden hatte. Kaplan und seine Turbine. Ein Herr von Welsbach, der auch etwas erfunden hatte. Man sah Motoren, ein vorsintflutliches Automobil, Asbestschindeln (*Österreichs Beitrag zur Entwicklung modernen Bauwesens*). Exponate, die auf die lange und ruhmreiche Eisen- und Stahlgeschichte des Landes Bezug nahmen. Rupert zupfte an seinem Ohrläppchen, ein Zeichen, dass er sich zu langweilen begann. Als Erika über die Eisenverhüttung im keltischen Königreich Noricum referierte, hielt es ihn nicht länger: „Wussten Sie, dass die Nägel, mit denen Christus gekreuzigt worden ist, wahrscheinlich in Noricum gefertigt wurden? Einer von ihnen befindet sich heute in Wien. Sie wissen nicht zufällig, wie er dorthin gekommen ist?“

Erika reagierte bewundernswert. Das sei eine interessante Frage, die allerdings den Bereich des Wunders berühre, wovon sie nichts verstünde. Doch könne das Personal des vatikanischen Pavillons in dieser Angelegenheit sicherlich weiterhelfen. Danach machte sie eine elegante Überleitung zu einem Priester namens Musger, der einen Kinematografen mit optischem Ausgleich der Bildwanderung ersonnen hatte. Eine Erfindung, die insofern bemerkenswert sei, weil Bilder damit erstmals verlangsamt abgespielt werden konnten. Die Welt habe dem Priester, Physik-, Mathematik- und Freihandzeichenlehrer Musger folglich die Zeitlupe zu verdanken. Rupert zupfte fester. Über Erikas Gesicht erschien ein spöttischer Zug. Sie würde unsere Aufmerksamkeit nun gerne auf das Hörbiger-Stahlplattenventil lenken, welches vom tiefen Vakuum bis zum derzeit bekannten Höchstdruck bei allen Kolbenkompressoren … Rupert riss an seinen Ohren. Erika schaute ihn an. „Tut das nicht weh?“

Rupert sagte, er habe einen ausreichenden Eindruck von der Fülle österreichischen Ingeniums erhalten. Er wolle weiter. Erika ermunterte ihn, das zu tun. Im Nebenraum gebe es Spitzenerzeugnisse der österreichischen Wirtschaft, die, für sich selbst sprechend, keiner weiteren Erklärung bedürften. Sie würde dem Herrn Fotografen inzwischen die Minicord-Kleinstbildkamera zeigen.

„Das ist eine vorzügliche Idee“, sagte ich, „nennen Sie mich Titus.“ Rupert zog beleidigt ab.

„Was haben Sie nur Entsetzliches verbrochen, dass Gott Sie mit so einer Begleitung straft?“, fragte sie, als er außer Hörweite war.

Die Strafe Gottes betrachtete Gerätschaften der Sportindustrie, als wir den Raum betraten. Sobald er uns als Spiegelung im Glas wahrnahm, begann er das Ausgestellte zu kommentieren. „Man bekommt Lust, ins Gebirge zu gehen. Schon allein wegen des Eispickels. Ein überaus ästhetischer Eispickel. Ich habe gehört, dass Trotzki mit einem österreichischen Eispickel erschlagen worden ist.“ Rupert drehte sich um. „Fragen Sie mich nicht, wieso sich der russische Geheimdienst österreichischer Eispickel bedient, um seine Gegner zu liquidieren. In Mexiko.“ Er lachte. „Machen Sie bitte ein Foto.“ Ich sah durch den Sucher. „Nein, nicht vom Eispickel. Von mir.“ Sein Gesichtsausdruck kippte ins Melancholische. „Das Mysterium“, meinte er niedergeschlagen, „der dritte Raum und nicht der Ansatz einer Spur.“ Er wandte sich an Erika. „Wo würden Sie das Mysterium suchen?“

„Vermutlich im Glauben.“

„Und wenn man keinen hat?“

„In der Musik natürlich. Kommen Sie.“

*

Ganz ohne Religion ging es dann doch nicht. Der nächste Raum war dank geschickter Beleuchtung in die Aura eines Sakralbaus getaucht. Erika bezeichnete ihn als Reliquiar österreichischer Musikgeschichte. Es umfasste zehn Schaukästen, die Dirigentenpulten nachempfunden waren. An der Ostseite, dort, wo sich in Kirchen Apsis und Altar befinden, hing eine Geige. Rupert sah in eines der Pulte. „Sie sehen mich angenehm enttäuscht. Ich hatte Reliquien erster Klasse befürchtet."

Erika sah ihn misstrauisch an. „Was soll das heißen?"

„Sie sagten Reliquiar. Ein Reliquiar ist ein Behältnis, in dem Körperteile von Heiligen verwahrt werden. Stücke ex ossibus, man könnte auch sagen: Knochen. Daneben Haare, Fingernägel. Oder unverweste Muskelkörper wie die Zunge des Heiligen Antonius von Padua. Voodoo in römisch-katholischer Ausprägung. Reliquien erster Klasse. Stattdessen sehe ich Originalpartituren. Berührungsreliquien. Reliquien zweiter Klasse. Nichts, was in einem Reliquiar aufgehoben werden würde."

„Er treibt einen in den Wahnsinn", raunte Erika.

„Die Auswahl ist ohne Frage eigenwillig. Ganz zu schweigen von der Anordnung. *Stille Nacht* neben dem *Rosenkavalier*; *Gretchen am Spinnrad* neben dem *Lied von der Erde*. Hat das eine tiefere Bedeutung?"

Erika knirschte mit den Zähnen. „Wissen Sie, Titus, ich dachte immer, über eine robuste Konstitution zu verfügen. Aber Ihr Begleiter geht über meine Kräfte. Es ist mir unbegreiflich, wie Sie ihn aushalten."

Ich schüttelte den Kopf. „Es ist eine Frage des Alters. Man stumpft mit den Jahren ab."

Sie sah mich erschrocken an.

„Nichts, wovor man sich fürchten müsste", sagte ich und hatte Mühe, ihr dabei nicht über den Kopf zu streichen. Es wäre keine väterliche Geste gewesen.

„Ich hatte eine Frage gestellt. Hat die Anordnung der Partituren eine tiefere Bedeutung? Oder ist es Unvermögen?“

Erika seufzte. „Im übernächsten Raum konzertieren Professoren des Wiener Konservatoriums. Ich werde mich kundig machen.“

„Machen Sie das. Wir suchen inzwischen weiter.“

Hoffentlich kommt sie wieder, dachte ich und war im Begriff, mich in sehnsüchtigen Gedanken zu verlieren. Aber Rupert beanspruchte meine Aufmerksamkeit.

„Haben Sie schon Fotos von den Vitrinen gemacht? Nein? Das müssen Sie. Ganz außergewöhnlich diese Vitrinen. Sowohl im Entwurf als auch in der Umsetzung. Man muss es den Österreichern lassen: In der Vitrinenfertigung sind sie groß.“

„Vergessen Sie nicht auf die Eispickel. Denken Sie an die Informationspflicht gegenüber den Lesern.“

Er ging nicht darauf ein. „Die Vitrinen haben einen einzigen Fehler. Sie sind leicht zu öffnen. Es wundert mich, dass noch niemand auf die Idee gekommen ist. Sie schauen ungläubig, ich werde Ihnen die Simplizität dieses Vorgangs erklären. Man wartet einen ruhigen Augenblick ab, öffnet diese Lächerlichkeit von Schloss, reißt ein Stück ab, fertig. Eine Sache von Sekunden. Zum Beispiel aus dieser hier, Mozarts Requiem.“

„Wieso sollte jemand das Requiem beschädigen wollen?“

„Ich bitte Sie! Stellen Sie sich den Triumph vor, ein Stück davon zu besitzen. Dieses untere rechte Eck, wo seine allerletzten Worte stehen. Eine Zimelie, Titus. Die Zierde einer jeden Sammlung.“ Einen kurzen Moment schien Rupert der Wirklichkeit entrückt. Dann wich die Verklärung einer Düsternis.

„Die letzten Worte, bevor er über Schmerzen klagte und unter Qualen verschied. Es ist empörend, was der Tod dem Leben abverlangt. Mit ein Grund, weshalb ich immer eine Pistole bei mir habe." Er schlug sein Sakko zurück. Die anderen Besucher verließen hastig den Raum.

„So ist es besser. Es gibt Augenblicke, die der Stille bedürfen." Er beugte sich über die Vitrine. „Das also sind die letzten Worte. Kennen Sie Mozarts letzte Worte?

„Ich werde sie gleich kennen."

„Gib Herr, dass sie vom Tode hinübergelangen zum Leben. Ein klassischer Totenbett-Satz." Er sang: *„Fac eas Domine, de morte transire ad vitam."*

„Nein, so ein schöner Bariton." Erika war zurück.

„Ich bin kein Bariton. Ich bin Tenor. Das ist doch evident."

Sie winkte ab. „Das behauptet mein Vater auch. Es ist sinnlos, darüber zu streiten. Singen Sie lieber das Hostias zu Ende."

Rupert gehorchte. Ich starrte sie an.

„Sie schauen irritiert. Meine Bluse hat doch nicht etwa einen Fleck?"

„Sie haben keine Jacke an. Wo haben Sie Ihre Jacke gelassen?", fragte ich wenig geistreich.

„In der Akademie. Ich habe sie zum Reservieren der Plätze gebraucht. Erste Reihe, Mitte links. Was gespielt wird, kann ich Ihnen nicht sagen, aber es wird Ihnen so oder so gefallen. Schon wegen des bei Konzerten üblichen Schweigegebots."

Wir betraten den Raum in dem kurzen Augenblick der Stille, die dem Ende einer Aufführung folgt. Sie wurde von Rupert mit der Frage „Wo, sagten Sie, liegt Ihre Jacke?“ gestört. Der Sänger verbeugte sich, eine näselnde Stimme dankte dem jungen Mann aus seiner Meisterklasse, der Meisterklasse Walsegg, für die Darbietung. Der Name des jungen Mannes wurde nicht erwähnt. Dann blitzten die Augengläser des Professors in unsere Richtung: „Für die zu spät gekommenen Herrschaften: Sie haben *Herzeliebez vrouwelin* und das *Palästinalied*, zwei nur selten zu hörende Vokalstücke Walthers von der Vogelweide versäumt.“

Beim Wort *Palästinalied* gab es mir einen Stich. Ich weiß es nicht mit absoluter Sicherheit, aber ich glaube, dass es bis kurz vor dem Zwischenfall in der ersten Reihe, Mitte ruhig gewesen ist. Dem Vogelweide folgte ein Streichquartett Haydns, bei dem Rupert im zweiten Satz einnickte. Ich nutzte die Gelegenheit, um nach Erikas Hand zu tasten. Sie wandte mir den Kopf zu, ihr Mund näherte sich meinem Ohr. „Ich fürchte, Sie enttäuschen zu müssen. Ich wurde nach anderen Kriterien ausgewählt.“ Sie stieß mich weg. Aber die Art, *wie* Sie es sagte, und die Behutsamkeit, mit der sie mich wegstieß, waren nicht überzeugend. Und während ich in meiner Eigenart als ein in Liebesdingen nicht sonderlich bewanderter Mann noch überlegte, welche Aktion nun zu setzen wäre, war der vierte Satz zu Ende. Die Lichter gingen an, das Auditorium klatschte. Rupert schnarchte. Ein weiterer Professor erschien, eine untersetzte Sängerin betrat die Szene. Der Professor ging zum Klavier. Die

Lichter verloschen, ich tastete erneut nach Erikas Hand. Sie schaute sich prüfend um, ehe sie den Druck sanft erwiderte. Einen kurzen Augenblick fühlte ich mich glücklich. Das neben mir sitzende Paar stand auf und ging, ein distinguiert aussehendes nahm seinen Platz ein. Von der Frau ging ein verstörender Geruch aus. Arpège. Obwohl zwanzig Jahre vergangen waren, seit ich das Parfum zuletzt gerochen hatte, war mir der damit verbundene Dialog sofort wieder präsent. Er wurde immer dann geführt, wenn sich meine Mutter anschickte, ein Konzert oder eine Oper zu besuchen. Mein Vater, kein Freund musikalischer Darbietungen, wartete stets den Moment ab, in dem sie das Parfum auftrug, ehe er darauf hinwies, dass es für *seine* Mutter auch ein paar Tropfen Lavendelwasser getan hätten. Was mit den immer gleichen, wie auf einer Bühne gesprochenen Worten „Ich bin aber nicht deine Mutter!" erwidert wurde. Ein gereizter Blick, ein Abgang, dem etwas Rauschendes innewohnte. Und während ich diese Erinnerung, wissend, dass sie mir nicht guttat, zu verdrängen suchte, hatte der Professor zu spielen begonnen. Die Sängerin setzte ein:

„*Fremd bin ich eingezogen,*
Fremd zieh ich wieder aus."

Von allen Liedern dieser Welt ausgerechnet dieses.

„*Nun ist die Welt so trübe*
Der Weg gehüllt in Schnee."

„Titus! Was haben Sie? Sie weinen ja", flüsterte Erika, den Druck ihrer Hand verstärkend. Ich riss mich los, sprang auf, mein Kopf wurde vom Lichtkegel des Scheinwerfers erfasst. Geblendet taumelte ich aus dem Saal. Die

Sängerin bewies, dass sie Konzertreife hatte, die Darbietung wurde keine Sekunde unterbrochen.

„Muß selbst den Weg mir weisen
In dieser Dunkelheit.“

Ich gelangte in den nächsten Raum, wo ich stolperte und neben einer Vitrine zu Fall kam. Sie war der Wiener Medizinischen Schule gewidmet. Den anderen Besuchern schien es eine willkommene Abwechslung zu sein; innerhalb von Sekunden umstand mich ein neugieriger Halbkreis. Ich kroch unter die Vitrine, wo ich in embryonaler Stellung liegen blieb. Es muss ein unvergesslicher Anblick gewesen sein: ein in Tränen aufgelöstes Bündel Mensch unter einer Vitrine, in der neben modernsten medizinischen Instrumenten (darunter die Navratil'sche Zystenfasszange) die gesammelten Werke Sigmund Freuds ausgestellt waren. Der Zustand währte nicht lange. In meine Verzweiflung drang die energische, auf Französisch, Englisch und Deutsch gerufene Aufforderung: „Lassen Sie uns durch!“

Erika hockte sich neben mich. „Armer Titus, können Sie aufstehen?“

Ich gab einen unartikulierten Laut von mir. Sie drehte den Kopf zu zwei Beinen im Tweed. „Helfen Sie mir. Wir müssen ihn wegbringen. Es gibt eine Kantine für die Angestellten, wo er sich ausruhen kann.“

Ich verhielt mich wenig kooperativ, als sie mich unter der Vitrine hervorzogen. Doch ließ ich mich, einmal auf die Füße gestellt, ohne Widerstand führen. Die Kantine leerte sich umgehend, nachdem Erika „Kinder, ihr seht's ein Notfall, ihr müsst alle raus“ gerufen hatte. Sie deutete auf einen Ecktisch, platzierte mich auf einen Sessel, Rupert vis-à-vis, und schärfte ihm ein, auf mich aufzupassen. Sie wolle noch etwas holen. Ich wischte mir übers Gesicht, sah einen Augenblick klar, blickte auf eine mit Wiener Veduten geschmückte Wand, auf Heldenplatz, Karlskirche, die Sphinx vom Belvedere, deren Pranken zu meinen großen Kindheitsängsten gehörten. Rupert gab mir sein Taschentuch, ehe er mich mit einem Scherz auf andere Gedanken zu bringen versuchte: „Ich fand es auch gewöhnungsbedürftig, dass die Winterreise von einem Weib gesungen wird. Aber ist Ihre Reaktion nicht etwas überzogen?" Die Sphinx verschwamm.

„Meine Mutter hat das Lied jeden Tag gesungen", schluchzte ich.

„Kann kein sehr fröhlicher Mensch gewesen sein, Ihre Mutter. Klingt nach einer starken Disposition zur Melancholie. Bei dieser Vorgeschichte ist es natürlich kein Wunder, dass Sie …"

Ich weinte.

„Rupert! Sie sind jetzt augenblicklich still!" Erika war zurück. „Wollen Sie vielleicht einen Schnaps? Ich hätte einen sehr guten Marillenbrand aus der Wachau."

„Sie lassen auch kein einziges Klischee aus", ließ sich Rupert vernehmen.

Erika nahm meinen Kopf zwischen ihre Hände: „Titus, glauben Sie nicht, dass es helfen würde, wenn Sie mir erzählen, was Sie so sehr bedrückt?"

Diese Frage war mir noch nie gestellt worden. Sie löste etwas Gewaltiges aus: Ich erzählte meine Geschichte.

Die meiste Zeit schluchzte ich. Am Ende war Erikas Uniform ziemlich feucht.

„Was machen wir mit ihm?“, fragte Rupert.

Erika trocknete mein Gesicht. „Titus, was ich jetzt sage, klingt vielleicht schrecklich, aber ich glaube, du solltest deine Sachen packen und nach Wien fahren. Mit dem nächsten Zug.“

Ich schüttelte den Kopf. Rupert schenkte sich nach. „Erika hat recht. Man muss sich seiner Vergangenheit stellen. Sie müssen zurück. Es ist eine – wie sagt man in Ihrer Sprache – *Naturnotwendigkeit*. Das ist doch evident. Dazu muss man keinen Freud gelesen haben.“

Er roch nach Schnaps.

Das Packen war schnell erledigt. Rupert warf mir eine Flasche Whisky in den Koffer. Natürlich wollte er es sich nicht nehmen lassen, mich zum Zug zu begleiten. Vor dem Waggon machte er einen verlegenen Eindruck. „Ich werde Sie“, er räusperte sich, „vermissen. Sie waren der beste Zuhörer, der mir jemals untergekommen ist.“ Er zog einen Umschlag aus der Tasche. „Da drinnen sind ein paar Kleinigkeiten, die Ihnen nützlich sein werden. Tun Sie mir den Gefallen und öffnen Sie ihn erst nach Ihrer Ankunft. Es sind wie gesagt nur Kleinigkeiten. Nicht der Rede wert. Nun nehmen Sie schon! Ich muss weiter. Es gibt noch jemanden, der sich von Ihnen verabschieden möchte.“ Er drehte sich um und ging.

Erika lief auf mich zu.

„Titus, Lieber, ich bin so froh, dass ich es noch geschafft habe!“ Sie bog die Stulpe ihres Handschuhs zurück, sah auf die Uhr, sagte „Nur noch zwei Minuten, wir müssen uns beeilen! Also, das sind die gesammelten Schriften zum Österreichpavillon. Die nimmst du gefälligst, weil sie der Vorwand gewesen sind, um hierherzukommen. Alles für die Journalisten aus England. Und das sind die Schlüssel zur Wohnung. Die nimmst du auch. Goldschmiedgasse sieben, gleich beim Stephansdom. Steht gerade leer, weil der Papa als Botschafter im Nahen Osten ist. Und die Mama ist bei ihm, leidet unter der Hitze und träumt vom Salzkammergut. Ich werde ihnen schreiben, dass du vorübergehend bei uns wohnst. Das geht schon in Ordnung. Weißt du, Briefe in den Nahen Osten brauchen ziemlich lange. Außer man nimmt die Luftpost, aber das machen nur Emporkömmlinge aus Milieus, die uns fremd sind. Sagt die Mama." Sie lachte. „Und die Paula …" Der Schaffner deutete mir, einzusteigen.

Wien

Die Fahrt nach Wien war entsetzlich. In gewisser Weise war es von Vorteil, nichts anderes erwartet zu haben. Der Zug war voll, alle Liege- und Schlafabteile belegt. Ich quälte mich durch fünf Waggons, bis sich ein Sitzplatz fand. Niemals, dachte ich, wäre meine Mutter auf diese Art gereist. Sie hätte einen anderen Zug genommen. Freilich war sie wohlhabend gewesen und konnte sich Prinzipien leisten, die sich auch auf das Gebiet der Eisenbahnfahrt erstreckten. Ich konnte es zu meinem Bedauern nicht. Doch dann fiel mir ein, dass sie es zuletzt billiger hatte geben müssen, und öffnete die Tür des Coupés mit einem Gefühl der Beschämung. Die Insassen sahen mich unerfreut an, als ich fragend auf den einzig unbesetzten Sitz deutete. Gepäckstücke wurden aufgenommen und anderswo verstaut. Währenddessen taxierte ich sie. Die beiden Herren am Fenster waren klassische Zeitungsleser, die nichts als ihre Ruhe haben wollten. Mein Gegenüber, ein Mann, den ich auf Mitte fünfzig schätzte, saß am Mittelplatz in Fahrtrichtung. Mein Vater hätte ihn als einen von Bücherwissen nicht beschwerten Menschen charakterisiert. Der Bekleidung nach zu schließen, würde er mir bis zum Zielbahnhof erhalten bleiben. Er trug einen zerknitterten Steireranzug, und die Art, wie er ein Modell vom Atomium auf seinem Schoß festhielt, ließ den Rückschluss zu, dass es sich um eine verschreckte Natur handelte. Er würde nicht viel reden. Die Damen auf den Türplätzen machten einen unangenehmen Eindruck. Es war ziemlich wahrscheinlich, dass es ihnen gelungen war, sich den Mädchennamen zu erhalten. Strickend tauschten sie sich über den Gesundheitszustand des Papstes aus. Beide hatten leiernde Rosenkranzstimmen. Seiner Heiligkeit gehe es schlecht, ließ sich die neben mir Sitzende vernehmen, von den Menschen enttäuscht, unterhalte er sich mit den Tieren in Castel Gandolfo. Besonders gerne verweile er bei den Lämmern. Die andere ergänzte, sie habe von einem Distelfink namens Gretel gehört, der dem Papst ein großer Trost sei. Ganz wie beim Heiligen Franziskus. Ich überlegte, ob ich Zuflucht zu einem Schlafmittel nehmen sollte, dachte an die mit dem Hantieren des Koffers verbundenen Widrigkeiten, nahm stattdessen eine von Erikas Broschüren zur Hand. Als Herausgeber fungierte das Österreichische Fremdenverkehrsamt. Was für ein Name, dachte ich, las die ersten Sätze und fühlte mich mit einem Mal sehr müde.

Sie fahren nach Österreich. Es erwartet Sie ein Land, das hofft, auch in Ihnen einen Freund zu finden, der beim Abschied gern „Auf Wiedersehen" sagt!

Kurz darauf nickte ich ein. Ich erwachte verspannt. Lange konnte ich nicht geschlafen haben, der Zug stand an der belgisch-deutschen Grenze. Zöllner öffneten das Abteil und fragten, was Zöllner in aller Welt fragen. Die Herren am Fenster sprangen auf und machten sich erbötig, ihr Gepäck zu öffnen. Ich blieb verneinend sitzen. Desgleichen mein Vis-à-vis, das Atomium ängstlich an sich pressend. Die beiden Damen ließen sich in ihrem Gespräch nicht stören. Es drehte sich um die Knochen des Apostels Petrus, die man kürzlich in der Krypta des Petersdoms aufgespürt zu haben glaubte.

„Stellen Sie sich vor, Originalreliquien vom Heiligen Petrus!“ Ihr mattes Vogelauge belebte sich. „Was der Papst damit wohl vorhat?“

Der Zug setzte sich in Bewegung. Das Gespräch glitt ins Weltliche.

„Was, meinen Sie, macht Soraya nach der Scheidung?“

„Ich habe gehört, sie ist jetzt wieder bei ihren Eltern in Köln. Eine Geschiedene ist immer ein entsetzliches Unglück, finden Sie nicht? Noch dazu nach der Ehe mit einem Ausländer.“

„Und wenn er tausendmal der Schah ist“, bekräftigte die andere.

Ich versuchte mich auf die Fremdenverkehrsamtsbroschüre zu konzentrieren.

Wien ist eine Stadt, der dank ihrer menschlich liebenswürdigen Atmosphäre immer wieder die Aufgabe zufällt, Schauplatz großer internationaler Ereignisse zu sein.

„Wie zum Beispiel im Frühjahr neunzehnhundertachtunddreißig“, rief ich zornig. Der Herr im Steireranzug sah erschrocken auf. Die Herren am Fenster versteckten sich hinter ihren Zeitungen, die Betschwestern hörten auf zu stricken. Ich murmelte Worte der Entschuldigung und ging zum Speisewagen, wo ich mich mit großer Rücksichtslosigkeit zur Ausschank drängte.

Während ich trank, dachte ich, wie dumm es gewesen war, auf Erikas Vorschlag einzugehen. In diesen Zug zu steigen, den Limbus-Express Richtung Hölle. Was konnte jemand wie Erika über das Jahr neunzehnhundertachtunddreißig schon wissen? Wahrscheinlich war es ihr Geburtsjahr. Der Ratschlag einer Zwanzigjährigen, bekräftigt durch das Wort Naturnotwendigkeit aus dem Mund eines Verhaltensauffälligen. Ich ging zurück.

In Köln stiegen die beiden Damen aus. Zwei Nazis nahmen ihren Platz ein. Sie unterhielten sich über die vom Oberkommando der Wehrmacht begangenen Fehler. Das Oberkommando hatte viele Fehler gemacht. So wäre etwa die Operation Barbarossa zu wenig radikal durchgeführt worden, meinte der Dickliche, der an den Wällen von Kursk gestanden hatte. Das fand auch der Alpinnazi, der einflocht, Onkel eines Neffen zu sein, der die Fahne des Reiches auf einem kaukasischen Berg gehisst hatte. Das wäre strategisch ohne Bedeutung gewesen, meinte der Dickliche. Die Herren am Fenster schwiegen hinter ihren Zeitungen. Ich bedurfte einer Ablenkung. Ruperts Umschlag. Ich riss ihn auf, Bennies kullerten auf den Boden. *Kleinigkeiten, die Ihnen nützlich sein werden*, hatte Rupert gesagt. Der Alpinnazi half beim Einsammeln. „Wie zuvorkommend", bedankte ich mich. „Ich möchte mich mit einer kleinen Geschichte erkenntlich zeigen. Ein Kollege von mir hat das Foto von den Soldaten gemacht, die die Fahne der Sowjets auf das Dach der Reichskanzlei gesetzt haben."

Die Nazis verließen das Abteil. Sie blieben bis Nürnberg am Gang stehen. Der auf den Wällen von Kursk gestanden Habende klagte über Schmerzen in den Beinen. Der Mann im Steireranzug öffnete den Mund. Von einer zuckenden Kopfbewegung eingeleitet, begann er zu erzählen, wie er in den Zug geraten war. Wenn ich es richtig verstanden habe, hatte sein Verhängnis damit begonnen, dass er die aktuelle Ausgabe der Wochenschrift *Grund und Boden* las (er sagte: *studierte*). Nach dem gewohnten Inserat für ein Düngemittel, das zu verwenden er schon geraume Zeit überlege, habe er dann das Unglaubliche gesehen: ein Bild vom Atomium. Und sofort gewusst, was nun zu tun sei. Und so sei er noch am gleichen Tag hinauf zur Bezirkshauptmannschaft. Weil man doch einen Reisepass brauche, um ins Ausland zu kommen. Den Reisepass habe er dann schon im Sonntagsgewand abgeholt und sei gleich hinauf nach Wien und von dort noch weiter hinauf nach Brüssel. Und heute in der Früh in Brüssel angekommen mit dem Bus gleich hinauf (*glei auffi*) zur Weltausstellung und hin zum Atomium. Er wäre auch gerne in das Atomium hinein, aber das wollten andere auch. „Jessas, so vü Leit, so vü Leit", sagte er immer wieder. Aber es sei letztlich egal, jetzt, wo er *ES* wahrhaftig gesehen habe. Er machte dabei den Eindruck, eines jener Mysterien erfahren zu haben, die einen bis in den Tod hinein zu schaffen machen. Mein Reisegefährte erzählte noch mehr. Sein von bellenden Tönen begleiteter Vortrag war, wie das ihm widerfahrene Mysterium selbst, an der Grenze zur Unverständlichkeit. Ermüdet steckte ich meine Hand in Ruperts Kuvert. Der Boden war mit Bennies bedeckt, er musste die ganze Dose hineingeschüttet haben. Ich widerstand dem Drang, mich aufzupulvern. Als Nächstes ertastete ich einen Scheck. Er war auf eine für meine Verhältnisse astronomische Summe ausgestellt. Mir wurde heiß. Der Herr im Steireranzug verkündete, dass sich bei ihm am Hof einiges ändern werde. Er sei jetzt ein Werkzeug höherer Mächte als der Familie. Die müsste eben jetzt mehr arbeiten. Da werde es Tränen geben, harte Worte und Anfeindungen, aber das sei ihm egal. Die Apostel hätten auch keine Familienrücksichten nehmen können, als sie der Ruf ereilte.

Neben Pillen und Scheck fand sich noch eine eng beschriebene Seite. Sie zu entziffern, bereitete mir ähnliche Mühe wie der Dialekt des Steireranzugs. Rupert schrieb, ich solle mir wegen des Geldes keine Gedanken machen, es sei NICHTS, und Reisen wie die meine müsse man gut gerüstet unternehmen. Eine Zurückweisung oder den Versuch einer Rückzahlung würde er als persönlichen Angriff werten. Der Mensch habe die Verpflichtung, Geschenke anzunehmen, so es sich nicht um große hölzerne Pferde handle. Es folgte eine auf Altgriechisch geschriebene Zeile, mit der ich nichts anzufangen wusste. Er sitze, während er dies schreibe, draußen vor der Tür und sehe, dass ich nun mit dem Packen fast fertig wäre. Falls es sich einrichten ließe, wäre er froh, von mir zu hören; nicht nur wegen seiner Schwäche für Reiseberichte.

Ich verstaute den Brief mit gleicher Sorgfalt wie den Scheck. Wenigstens in dieser Hinsicht würde es eine entspannte Reise werden. Der Versuch, den Gedanken weiterzuspinnen, wurde vom Herrn im Steireranzug zerredet. Er schwelgte in künftigen Zeiten. Es waren im familiären Rahmen ausgelebte Allmachtsfantasien. Bisweilen hatte ich das Gefühl, als rede nicht er selbst, sondern jemand aus ihm heraus. Schließlich hatte er alles gesagt. Das sei seine erste und letzte Reise gewesen, meinte er erschöpft. Den Pass gebe er ab, das Ausland sehe ihn nie wieder. Dann schwieg er. Das Atomium nahm er bis Wien nicht vom Schoß.

Ab Passau hatten wir das Abteil für uns alleine.

„Besuch in der Heimat?“, fragte der Grenzbeamte, dem mein Geburtsort aufgefallen war.

„Ich würde es nicht als Heimat bezeichnen.“

Die Fahrt durch österreichisches Hoheitsgebiet gestaltete sich als der unerfreulichste Teil der Reise. Bei aller landschaftlichen Schönheit fühlte ich mich wie ein Toter, der über den Styx in die Unterwelt gerudert wird. Der dumpf vor sich hin brütende Reisegefährte gab in meiner Vorstellung einen hervorragenden Fährmann ab. Der Satz *Es ist ein Wahnsinn, es ist ein Wahnsinn, es ist ein Wahnsinn* ratterte im Takt des Zuges durch meinen Kopf. Das Verlangen, auszusteigen, wurde drängender. Die letzte Möglichkeit vor Wien wäre Linz gewesen. Ich überlegte es ernsthaft. Aber dann schien es lächerlich, ausgerechnet in der Patenstadt des Führers zu scheitern. Mit dem Gefühl, über Hitler triumphiert zu haben, gab ich mich angenehmen Tagträumen hin. Auf der Höhe Amstetten geriet ich in familiäre Gewässer. Sie waren unangenehm. Ich schloss die Augen. Meine Familie ist etwas seltsam gewesen. Wahrscheinlich wachsen die meisten Menschen in etwas seltsamen Familien auf.

Meine war klein. Ich bin das Ergebnis einer komplizierten Schwangerschaft, die in einer entsetzlichen Geburt ein ersehntes Ende fand. Meine Mutter wäre fast an mir gestorben. Ich habe Zweifel an dieser Geschichte, die zu oft erzählt worden ist. Meine Mutter war in vielem typisch wienerisch: musikalisch, dicklich und problemorientiert. Sie ist kein sehr glücklicher Mensch gewesen. Die Stimme des Schaffners holte mich in die Gegenwart zurück.

„Aufstehen, meine Herrschaften, wir sind am Westbahnhof!"

Der Steireranzug sah mich mit flackernden Augen an. Es war der Blick eines glaubensdurchdrungenen Fanatikers. Sosehr ich sein Umfeld bedauerte, war es tröstlich, zu sehen, dass allen Familien ein Element von Wahnsinn innewohnt. Er nahm das Atomium vom Schoß, erhob sich ächzend. Sein Schritt war mit Mayonnaise befleckt.

„Die wern si no olle anschaun", sagte er, während er seinen Rucksack vom Gepäcksnetz nahm. Es klang wie ein alttestamentarischer Fluch aus dem Buch Ezechiel.

*

Der Westbahnhof war das letzte Gebäude gewesen, das ich bewusst wahrgenommen hatte, ehe ich Wien verließ. Ehe ich Wien verlassen musste. Man sollte meinen, dass man, wenn es ins Exil geht, am Fenster des aus dem Bahnhof rollenden Zuges klebt, um letzte Impressionen seiner Stadt in sich aufzusaugen. Das habe ich nicht getan. Ich habe geweint. Der Westbahnhof war im Krieg zerstört worden. Ich ging durch ein mir unbekanntes, mit keinen negativen Erinnerungen behaftetes Gebäude. Das erleichterte den Einstieg. Angenehm war es auch, in den melodiösen Klang der Sprache einzutauchen. Noch am Bahnsteig wurde ich Zeuge eines an Gehässigkeiten reichen Streitgesprächs, das darin gipfelte, dass der eine den anderen als *Sie Individuum Sie* abkanzelte.

Bevor ich ins Taxi stieg, vergewisserte ich mich der Existenz des Schecks. Der Fahrer hatte die Ankunftspläne der Züge im Kopf. „Der Herr kommt aus Brüssel", stellte er fest. Ich war überrascht. Wieso er das annehme? Weil der Herr nicht aussehe wie ein Herr aus Amstetten. Und sonst sei in der letzten Viertelstunde kein Zug eingefahren. Wohin es denn gehe? Ich nannte die Adresse. Er fuhr los. Auf der Höhe Schönbrunn realisierte ich, dass der Chauffeur den Wagen in die falsche Richtung lenkte. Gefragt, weshalb er stadtauswärts fahre, meinte er, es sei ihm wegen der Bergung einer Fliegerbombe als die sicherste Route erschienen. Ich befahl ihm, umzudrehen. Maulend wendete er den Wagen. Er fuhr daraufhin aufreizend langsam. Ob er nicht schneller fahren könne, fragte ich. Er sei ein Taxi, kein Sputnik. Hätte es Zweifel gegeben, wäre spätestens jetzt klar gewesen: Ich war wieder in Wien. Als es ans Zahlen ging, stellte ich fest, dass ich nur belgische Francs hatte. Man sei immer gut beraten, sich bei Auslandsreisen mit der Landeswährung zu versehen, meinte der Chauffeur. Zwei Häuser weiter ragte ein Schild aus der Mauer: *Bank- und Wechselhaus.* Ich bat ihn, zu warten. Er rief mir nach, ich solle mich beeilen, der Zug aus Paris fahre bald ein. Das seien bessere Fuhren als die aus Brüssel.

Verärgert betrat ich den Kassenraum. Er ähnelte einer vatikanischen Gruft. Dazu passte, dass sich unter den Wartenden Mitglieder des Klerus befanden. Ich reihte mich hinter zwei Mönchen ein. Vielleicht waren es auch Chorherren. Sie unterhielten sich über Kapitalanlagen, ob man wirklich den ganzen Ertrag aus der Waldwirtschaft des Stiftes in Kongo-Gold investieren solle, um die durch Sumatra-Zinn erfahrenen Verluste auszugleichen.

„Man kann nicht immer nur beten“, meinte der Ältere.

„Man muss auch etwas tun“, bekräftigte der Jüngere. Sie steckten alles in den Kongo. Es dauerte, bis ich zum Schalter vorrückte.

„Sie wünschen?“, fragte eine graue Gestalt. Ich gab ihm Ruperts Scheck.

„Einen Moment bitte. Ich muss erst Rücksprache halten.“

Keine Minute später kam er gemessenen Schrittes mit einem Herrn zurück, der sich als Kommerzialrat Soundso vorstellte.

„Gibt es Schwierigkeiten mit dem Scheck?“, fragte ich.

„Um Gottes willen! Ich bitte Sie! Das Bankhaus – er zerkaute einen unverständlichen Doppelnamen – ist unsere Partnerbank im Vereinigten Königreich.“

Ich sagte, dass ich draußen ein Taxi warten hätte.

„Oh, verzeihen Sie, verzeihen Sie vielmals. Aber Ihr Scheck scheint von einem Mitglied der Familie ausgestellt worden zu sein, in deren Besitz das Bankhaus steht, und da wollte ich mir erlauben, zu fragen …“

„Sie meinen Rupert?“

Der Kommerzialrat sah mich ehrfürchtig an.

„Könnten Sie mir jetzt mein Geld aushändigen?“

„Selbstverständlich, mein Herr. Folgen Sie mir bitte.“ Im Büro fragte er mich nach der Stückelung.

„Gemischt.“

Nachdem der Pfundbetrag umständlich umgerechnet worden war, holte er aus einer Schreibtischlade verschiedene Geldbündel und zählte mir vor. Ich blickte mit einiger Fassungslosigkeit auf Stöße, die immer höher wurden.

„Eine nicht ganz unbeträchtliche Summe“, meinte er. „Haben Sie in Erwägung gezogen, bei uns ein Konto zu eröffnen?“

„Nein. Ich werde nicht lange bleiben.“ Ich stand auf.

„Wie schade“, sagte der Kommerzialrat. „Warten Sie, ich gebe Ihnen das Geld in einen Umschlag.“ Er überreichte ihn mit einer Verbeugung. Ich las den aufgedruckten Namen des Bankhauses und musste mich setzen.

„Ist Ihnen nicht wohl? Wollen Sie vielleicht einen Cognac?“

„Ich kenne Ihre Bank. Von früher.“

„Nein, ist das eine Freude!“ Seine Euphorie war ungekünstelt.

„Mein Vater hatte ein Konto bei Ihnen. Er sagte, er wisse keinen solideren Ort als Ihre Bank.“

Der Kommerzialrat strahlte.

„War Ihre Filiale früher nicht am Stephansplatz?“

Der Kommerzialrat nickte. Seine Miene wurde ernst.

Der Fahrer rauchte, als ich zum Wagen kam. Er hatte einen höhnischen Ausdruck im Gesicht.

„Hat länger gedauert, nicht?"

„Was bin ich schuldig?"

Er stellte den Taxameter ab. „Ein Fiaker wäre billiger gekommen."

„Das ist keine Antwort auf meine Frage."

Er nannte die Summe. Ich zog einen Tausend-Schilling-Schein aus dem Umschlag. Er bekam große Augen.

„Jessas, a Bruckner, 1000 Schlei!" Darauf könne er nicht herausgeben.

Dann wäre er gut beraten, die Banknote wechseln zu lassen. Ich würde inzwischen das Anzeigeformular an die Taxiinnung ausfüllen, sagte ich, obwohl ich keine Ahnung hatte, ob so etwas überhaupt existierte.

„Welches Formular?"

Das Formular, welches mitzuführen er gesetzlich verpflichtet sei. Der Taxifahrer grinste nicht mehr.

„Das Formular", sagte ich. „Oder habe ich mich missverständlich ausgedrückt?" Er zog den Kopf ein. Er habe kein solches nicht.

Ob er sich der Konsequenzen dieser Missachtung amtlicher Auflagen bewusst sei? Die Züge des Taxifahrers spiegelten mit einem Mal eine tiefe Behördenangst. Ich kannte den Ausdruck; meine Familie hatte ihn über Monate im Gesicht.

„Es wäre …", murmelte er.

„Ich verstehe kein Wort."

Der Chauffeur nahm die Kappe ab, knetete sie fahrig zwischen den Fingern, er versuchte, Haltung anzunehmen, während er erklärte, dass es ihm ein Anliegen wäre, mir für die Fahrt nichts zu verrechnen.

„Das hört man gerne“, sagte ich und ging zum Haustor.

„Ihr Koffer!“

„Der Koffer. Jemand wird ihn tragen müssen. Er kann ja nicht fliegen. Er ist kein Sputnik. Haben Sie als Chauffeur des Taxis mit dem Nummernschild W 2004 eine Idee, wer das sein könnte?“

Wir betraten das Haus. Der Taxifahrer schaute erleichtert, als er den Lift sah.

„Sie gehen zu Fuß, das wird Ihnen guttun. Vieles klärt sich im Gehen. Vor allem mit Gepäck.“

„Welche Etage?“

„Letzter Stock.“

Die Angabe erwies sich als falsch, Nummer sieben befand sich im vorletzten Stock. Während ich noch ungeschickt die Schlüssel ausprobierte, wurde die Wohnungstür aufgerissen. Eine resolut wirkende Matrone stand vor mir.

„*Jetzt* kommen Sie! *Zwei Stunden* vom Bahnhof in die Stadt! Das darf doch nicht wahr sein!“

Ich stotterte entsetzt meinen Namen, versuchte eine Erklärung. Sie schnitt mir mit einer Handbewegung das Wort ab.

„Mein Name ist Paula. Das Fräulein Erika hat mich von Ihrem Besuch in Kenntnis gesetzt. Sonst wäre ich ja nicht hier. Ich führe den Herrschaften seit Jahrzehnten den Haushalt. Jetzt, wo die Herrschaften im Ausland sind, kümmere ich mich um meine Schwester. Sie hat es mit den Venen. Für die Arme ist jeder Schritt eine Höllenqual, außer man fascht die Beine, was sie allein natürlich gar nicht mehr kann. Bei so einem Gewicht ist man ja nicht in der Lage, sich zu bücken. Sie hat ja niemanden mehr. Nur mich. Aber das Fräulein Erika hat mir ausdrücklich aufgetragen …" Sie unterbrach den Satz und musterte mich. „Also *Sie* sind der Herr Strings. Ich habe Sie mir ganz anders vorgestellt. Na ja, das Fräulein Erika ist eben noch sehr jung. Und es geht mich auch nichts an. Aber ich sage Ihnen gleich, wenn Sie mir das Mädel unglücklich machen … Wo ist denn Ihr Gepäck?"

„Es wird heraufgebracht."

„Soso. Ich kümmere mich darum. Sie machen sich inzwischen etwas frisch. Und dann sofort ins Esszimmer. Der Tafelspitz ist schon ganz zerkocht."

All das war sehr unwirklich. Ich ging ins Bad, erblickte im Spiegel ein bleiches, übernächtigtes Gesicht und dachte, dass mein Leben zum überwiegenden Teil aus einer Aneinanderreihung unwirklicher Szenen bestanden hat.

Indessen dirigierte Paula den Taxifahrer zur Tür. Ihr Kommandoton drang bis ins Bad: „Wo sind Sie? Im Vierten? Das ist zu hoch. So nehmen Sie doch den Lift! Das darf doch nicht wahr sein!"

Ich kämmte mich, band die Krawatte neu und ging ins Speisezimmer. Kurz darauf wurde der erste Gang aufgetragen.

„Da haben Sie einen seltsamen Vogel erwischt", sagte sie, während sie die Suppe in den Teller schöpfte. „Jammert, dass er nur einen Lungenflügel hat, aber weigert sich, den Lift zu benutzen. Ein richtiger Spinner. Komisch, dass er Ihnen den Koffer heraufgetragen hat. Sie haben ihm doch nicht etwa zu viel Trinkgeld gegeben?" Paula sah mich streng an. Ich verneinte. „Gut. Schnittlauch, Herr Strings?"

Ich schaute auf ein Meer von Fettaugen und nickte. Während ich unter ihrem aufmerksamen Blick die ausgekühlte Suppe aß, überlegte ich, wie ich, möglichst ohne jemanden vor den Kopf zu stoßen, einen Quartierwechsel bewerkstelligen könnte. Kaum hatte ich den ersten Teller hinuntergebracht, langte Paula erneut nach dem Schöpflöffel. Es war wie ein Griff zur Waffe.

„Sie werden nach der langen und anstrengenden Reise sicher noch einen Teller vertragen können." Sie schöpfte. Das Telefon läutete. Obwohl es sich um eine herrschaftliche Wohnung handelte, befand sich der Apparat auch hier neben der Eingangstür. Nachdem sie den Raum verlassen hatte, goss ich die fettige Brühe in den Topf eines Gummibaums. Aus dem Flur war Paulas Stimme zu hören. Sie gehörte zu den Frauen, denen es nicht gegeben ist, leise zu reden.

„Aber Fräulein Erika! Ein Auslandsgespräch! Was das kostet! Das schöne Geld! Ist etwas passiert?! Ach so, der. Ja, der ist da. Er isst gerade. Suppe. Aber ich sage Ihnen ... Wie bitte? Ich soll ihn holen? Ja wenn Sie meinen. Herr Strings! Herr Strings!! So kommen Sie doch!"

Es hätte ein wunderbares Telefonat werden können, wenn Paula Anstalten gemacht hätte, sich zu entfernen. Sie freilich dachte nicht daran. Sie hatte sich vor mir aufgepflanzt, wobei sie wie ein dickliches Memento mori in immer kürzer werdenden Abständen auf das Zifferblatt ihrer Uhr tippte. Das Gespräch verlief entsprechend einsilbig. Es beschränkte sich im Wesentlichen auf die Worte *danke*, *gut*, *ja*, *nein*, *Ganesha*. *Ganesha* sagte ich, als mir Erika erklärte, dass sie Paula deshalb in die Wohnung gebeten habe, weil sie wie diese elefantenköpfige Hindu-Gottheit, deren Name ihr gerade nicht einfalle, mit der Gabe gesegnet sei, alle Hindernisse aus dem Weg zu räumen. Wenn es irgendwelche Schwierigkeiten gebe, solle ich nicht zögern, mich an sie zu wenden. Paula wäre in dieser Hinsicht wirklich erstaunlich, sie habe neunzehnhundertachtunddreißig sogar die SA aus der elterlichen Wohnung gejagt mit nichts als …

An dieser Stelle nahm mir Paula den Hörer aus der Hand. „Alles, was recht ist, Fräulein Erika, aber das reicht. Herr Strings muss jetzt essen. Sie können ihm ja schreiben." Sie hängte ein, deutete Richtung Esszimmer. Kurz darauf bekam ich das Rindfleisch vorgesetzt.

„Was haben Sie mit der SA gemacht?"

„Gott, diese alten Geschichten. Das ist so lange her. Das interessiert doch niemanden mehr.

„Mich schon."

„Wenn Sie alles aufessen, erzähle ich es Ihnen. Vielleicht."

Ich bemühte mich redlich. Obwohl das Fleisch viele Stunden ausgekocht worden war und im Mund regelrecht zerfiel, erlahmte ich bei der Hälfte. Den Kaiserschmarren, der das Mahl beschließen hätte sollen, ließ ich unberührt. So habe ich nie erfahren, womit die SA aus der Wohnung getrieben wurde. Nach dem

Essen zeigte mir Paula das Gästezimmer. Die Bettwäsche war lilienweiß und roch nach Lavendel. Mir kam der Gedanke, dass es angenehm sein müsse, in einem solchen Bett zu sterben. Bald darauf fiel ich in einen tiefen Schlaf.

In der Nacht weckte mich das elementare Gefühl des Schmerzes. Du hättest in Manchester zum Zahnarzt gehen sollen, dachte ich. Du bist ein Idiot. Ich presste mit einer Hand gegen das stechende Kiefer und kramte mit der anderen nach einem Schmerzmittel. Wie in solchen Situationen üblich, war keines zu finden. Ich machte mich auf den Weg ins Bad, wo ich die Hausapotheke vermutete. Die Intervalle, in denen der Schmerz auftrat, verkürzten sich. Wimmernd öffnete ich die Badezimmerkästchen, fand Mullbinden, Pflaster und Franzbranntwein. Vielleicht würde das Gurgeln mit Franzbranntwein etwas helfen. Die Flasche glitt mir aus der Hand, zerschellte. Ich schnitt mich beim Auflesen der Scherben. Das Stechen in der Mundhöhle wurde heftiger. Ich stieß einen jammervollen Ton aus.

„Kann man helfen?“ Paula stand in der Tür.

„Ich habe solche Zahnschmerzen.“

„Warten Sie. Ich bringe Ihnen ein Pyramidon. Es ist das Einzige, das sogar bei meiner Schwester ...“

„Können Sie es nicht einfach bringen?“, fragte ich gequält. Das Pyramidon nutzte gar nichts. Desgleichen das mit einem Bügeleisen erhitzte Tuch und der als Ultima Ratio gedachte Zirbenschnaps. Ich lag am Sofa, wand mich im vergeblichen Versuch, eine Position zu finden, in der der Schmerz erträglicher wäre. Paula begab sich schließlich zum Telefon, um einen zahnärztlichen Notdienst ausfindig zu machen.

*

Es erwies sich als gut, dass Paula darauf bestanden hatte, mitzukommen. Alleine hätte ich die Formalitäten nicht mehr gemeistert. Die Vorzimmerdame war jung, hübsch, mit einem dieser harten Gesichter, die an Schaufensterpuppen von Innenstadtgeschäften erinnern.

„Waren Sie schon Patient beim Herrn Doktor?“

„Nein.“

„Dann füllen Sie mir bitte dieses Formular aus.“

Ich schaffte gerade den Vornamen. Dann war mir, als würde ein glühender Draht vom Kiefer Richtung Schläfe gestoßen werden. Ich ließ den Stift fallen und gab einen Laut von mir, der nicht sehr menschlich geklungen haben kann. Paula füllte die restlichen Zeilen aus. Die Vorzimmerdame machte sich daran, die Daten auf eine Karteikarte zu tippen. Bei der Rubrik *Staatsbürgerschaft* fragte sie, wie es denn mit dem Krankenschein aussehe.

„Er hat keinen“, antwortete Paula.

„Dann wird es schwierig. Ohne Krankenschein können wir keine Behandlung durchführen. Fahren Sie in eine Ambulanz.“

Der Schmerz war in ein suizidales Stadium getreten. Die Praxis befand sich hoch genug für einen Sprung. Ich fixierte das Fenster. Paula führte mich ins Wartezimmer.

„Sie setzen sich jetzt. Ich erledige das.“

Das Wartezimmer war ein Ort absoluter Hoffnungslosigkeit. Es roch nach Angstschweiß und Karbol. Fast alle Sessel waren besetzt. Ich lehnte mich gegen die Wand, schlug mit der Faust gegen das Kiefer. Es fiel nicht weiter auf. Keine Minute später saß ich im Behandlungsstuhl. Paula musste tatsächlich über außergewöhnliche Fähigkeiten verfügen. Der Schmerz nahm im Angesicht des Bohrers merklich ab.

„Was macht uns denn Beschwerden?", wurde ich gefragt. Die Stimme klang müde.

„Das rechte Oberkiefer. Ich denke, es ist eine fortgeschrittene Wurzelentzündung."

„Sind Sie Arzt?"

„Sohn eines Zahnarztes."

„Die Diagnose überlassen wir besser dem Herrn Doktor", ließ sich die Assistentin vernehmen.

„Na, na, Fräulein Sunhild. Herr Strings ist Privatzahler. Wir machen erst einmal den Klopftest." Er nahm einen Haken.

„Bitte nicht erschrecken." Er klopfte. Beim vierten Zahn bäumte ich mich auf. Ich hätte in diesem Moment alles gestanden, wenn es nur mit dem Versprechen verbunden gewesen wäre, dass der Haken nicht mehr zum Einsatz kommt.

„Fräulein Sunhild, ein Röntgen vom Sechser. Vorher bekommen Sie eine schöne Spritze."

Nach dem Röntgen bat mich Fräulein Sunhild, noch ein wenig Platz zu nehmen. Nicht im Wartezimmer, es gebe noch einen anderen Raum. Sie öffnete die Tür zur Privatwohnung. Ich ließ mich in einem Lederfauteuil nieder. Die schmerzstillende Wirkung der Spritze hatte voll eingesetzt. Ich empfand ein Gefühl tiefer Dankbarkeit. Fräulein Sunhild brachte Rauchzeug, Kaffee und Illustrierte. Ich nahm das oberste Heft. Es hieß *Der Stern*, hatte einen solchen auch als Logo, es ähnelte dem der Weltausstellung. Wie in den meisten Arztpraxen war die Illustrierte nicht mehr ganz aktuell. Auf dem Titelblatt der obligatorische Jungschauspielerinnenkopf, Elsa Martinelli, Liebreiz aus Rom. Die Stirnfransen machten einen strähnigen Eindruck. Ich schlug das Heft auf. Eine Zigarette lang beschäftigte ich mich mit dem Prozess gegen Alfred Engleder, der als Bestie von Steyr berühmt geworden war. Die Bestie (im Artikel auch als Teufel, Wüterich, mordender/schwerhöriger/geltungsbedürftiger Zwerg bezeichnet) hatte ihre Opfer mit einem Maurerfäustel niedergestreckt, ehe sie sich, ungeachtet der eingeschlagenen Schädel, an ihnen verging. Dem folgte eine Fotoreportage, die sich dem Wirken eines anderen ehemaligen Hilfsarbeiters widmete. Sie trug den Titel *Nacht über Österreich – Vor 20 Jahren brach die braune Diktatur in unsere Heimat ein*. Es waren altbekannte Ansichten: Hitler auf dem Heldenplatz, Hitler im Burgtheater, Hitler vor dem Hotel Imperial. Immer umgeben von begeisterter Wiener Heil-Hitler-Staffage. Ich war im Begriff umzublättern, als mein Blick auf das Bild fiel. Es zeigte die Rückenansicht eines am Boden knienden Burschen, der *Jud* an die Fassade eines Hauses schrieb. Hinter ihm stand ein Mann um die fünfzig. Er war stattlich, trug Knickerbocker und Hut, den linken Ärmel zierte eine Hakenkreuzbinde. Bei der

Betrachtung des Fotos geriet ich in einen Zustand der Todesangst. Wie damals, als ich am Boden kniend das Wort *Jud* an das Haus in der Heinestraße schreiben musste. Ich starrte auf das Bild und befand mich wieder im März neunzehnhundertachtunddreißig. Spürte das kalte Pflaster unter meinem Knie, hörte die Stimme des Mannes mit der Hakenkreuzbinde, der „Schönschrift ungenügend, Saujud, das werden wir noch üben müssen“ sagte, und war voller Angst.

Was nicht oder kaum zu mir drang, war die immer lauter werdende Stimme der Assistentin, zu der sich nach einiger Zeit die Stimme des Arztes gesellte, der besorgt nach vorhandenen Unverträglichkeiten fragte. Erst Paula gelang es, mich in die Gegenwart zurückzuholen. Sie erfasste die Situation sehr schnell, ein kurzer Blick, dann tippte sie fragend auf das Foto. Ich nickte. Sie verschwand mit dem Arzt, nicht ohne dem Fräulein Anweisung gegeben zu haben, bei mir zu bleiben. Als sie zurückkamen, hatte der Arzt eine aufgezogene Spritze in der Hand. Er stach sehr gut. Die Starre und die Angst verschwanden so schnell wie zuvor der Schmerz. Paula entschied, dass die Versorgung des Zahnes jetzt durchgeführt werden müsse. Ich ließ es geschehen. Es war eine angenehme Behandlung. Was immer in der Spritze gewesen sein mochte: Ich hätte mich gerne mit einem Vorrat versehen. Doch schlief ich ein, ehe ich nach dem Namen des Medikaments fragen konnte.

Ich erwachte im Gästezimmer, desorientiert. Ich versuchte mich zu erinnern, wie ich in das Bett gelangt war. Doch kam ich nur bis zu dem Zeitpunkt, an dem der Zahnarzt Fräulein Sunhild darum bat, die Kiefer auseinanderzuhalten, weil ich den Mund nicht mehr öffnete. Der Tag war heiter, die Sonne schien. Es berührte mich unangenehm, als ich feststellte, dass ich über meiner Unterwäsche einen Pyjama trug. Ich ging ins Badezimmer, rasierte mich, nahm ein Bad. In der Wanne liegend, überlegte ich die nächsten Schritte. Ich wollte den Herrn mit der Hakenkreuzbinde. Ich wollte ihn für mich allein. Die Vorstellung, ihn mit einem Gericht teilen zu müssen, war mir vollkommen unerträglich. Wobei es nicht einmal wahrscheinlich war, dass hier ein Fall für die Justiz vorlag. Was hatte der Herr schon groß getan? Einen Halbwüchsigen angebrüllt und zu Boden gezwungen. Ihm einen Topf Farbe in die Hand gedrückt und eine Schreibübung angeschafft. Nicht gerade comme il faut, aber auch nichts, was ein großes Aufsehen rechtfertigen würde. Noch dazu nach zwanzig Jahren. Ein Zwischenfall ohne tiefere Bedeutung. Letztlich ein wenig Anstiftung zur Fassadenverunreinigung. Der Frohsinn war damals eben etwas aus dem Ruder gelaufen. Und schließlich: Hatte man nicht schon genug gelitten und sein Lehrgeld gezahlt? Und vielleicht war der Junge ja frech gewesen. Was wusste man schon über das Früchtchen? Eben. Nichts. Ich war im Begriff, einen Wutanfall zu bekommen, als ich das Geräusch der Klinke vernahm, die nach unten gedrückt wurde.

„Sie können unbesorgt sein. Ich komme gleich."

„Lassen Sie sich Zeit. Ich warte im Salon auf Sie."

Als ich eintrat, saß Paula in einem Ohrensessel und strickte.

„Rasiert gefallen Sie mir deutlich besser, Herr Strings."

„Wenn ich Ihnen nur gefalle."

„Fräulein Erika hat angerufen. Ich habe ihr erzählt, was passiert ist. Sie bedauert, nicht hier sein zu können, und wünscht Ihnen viel Glück bei der Suche."

„Bei der Suche wonach?"

„Nach dem Schwein natürlich."

„Sie sagte Schwein?"

„Ich habe mir gestattet, ihre Wortwahl etwas abzumildern. Dieses Weltausstellungsgelände scheint ein rohes Pflaster zu sein. Ich hoffe, das Mädel gewöhnt sich nicht an solche Ausdrücke." Paula seufzte. „Aber das tut nichts zur Sache." Sie unterbrach ihre Handarbeit. „Viel entscheidender ist die Frage: Wünschen Sie überhaupt eine Begegnung mit diesem Menschen?"

Ich bejahte. Dabei drückte ich die Gelenke meiner Finger, bis es knackte.

„Gut. Ich nehme an, Sie wissen nicht, um wen es sich bei dieser Person handelt?" Ich nickte. „Es hätte mich auch gewundert, wenn er sich vorgestellt hätte. Das heißt, wir suchen einen Mann, von dem wir eine verschattete Dreiviertelansicht von hinten haben. Vor zwanzig Jahren war er beleibt und im Besitz einer Hakenkreuzbinde. Der Plakette nach zu schließen, die er am Hut trug, ist er damals Mitglied eines Vereins, Verbandes oder einer Vereinigung gewesen. Die ihn umgebenden Kinder lassen auf einen Lehrer oder Erzieher schließen. Gibt es darüber hinaus noch etwas?" Paula strickte weiter. Ich musste an Miss Marple denken.

„Es spricht viel dafür, dass er Lehrer gewesen ist", sagte ich. „Es müsste auch Frontalansichten geben. Es muss mehrere Bilder geben, eine ganze Serie. Wir brauchen den Fotografen. Gibt es einen Bildnachweis?"

Natürlich gab es keinen, mein Gott, wer interessierte sich schon für Dinge wie Urheberschaft? Ich regte mich auf. Paula besänftigte mich. Sie förderte einen Zettel zutage, auf dem die Nummer der Redaktion aufgeschrieben war, fragte, ob sie den Anruf selber tätigen solle. Beleidigt nahm ich ihr den Zettel aus der Hand, ging in den Flur und wählte. Die junge Dame, die am anderen Ende der Leitung abhob, hatte die irritierende Fähigkeit, mehrere Tätigkeiten gleichzeitig ausführen zu können.

„Stern. Die große Illustrierte, Österreich-Ausgabe, was kann ich für Sie tun?", leierte sie, wobei sie in die Maschine hackte. Ich schilderte mein Anliegen. Die Dame hackte unverdrossen weiter.

„Wieso wollen Sie das wissen?"

„Weil es mich interessiert."

„Auskünfte dieser Art werden für gewöhnlich nicht erteilt."

„Dann verbinden Sie mich mit dem Chefredakteur."

„Wie stellen Sie sich das vor? Ich kann Sie doch nicht so ohne Weiteres mit dem Herrn Doktor ..."

„Ich denke, Sie können."

„Erlauben Sie einmal, was glauben Sie eigentlich?"

Meinem Vater verdanke ich die Einsicht, dass man, wenn die Lüge nicht mehr zu vermeiden ist, gut daran tut, sie möglichst dreist ausfallen zu lassen.

„Es geht um die Hitler-Tagebücher."

Das Geräusch der Schreibmaschine brach ab. Es wurde ganz still.

„Augenblick, ich verbinde Sie sofort. Verzeihen Sie, ich hatte ja keine Ahnung ..."

„Vorher sagen Sie mir noch den Namen des Fotografen."

„Hilger, Albert Hilger."

„Sind Sie sicher?"

„Ganz sicher. Ich bearbeite gerade seine Honorarnote für die Bildreportage *Nacht über Österreich*."

„Das machen Sie jetzt? Fünf Wochen nachdem das Heft erschienen ist?!"

„Hilger ist freier Mitarbeiter. Kein Angestellter."

Mir entfuhr ein nicht wiederzugebender Fluch, ehe ich einhängte.

*

Hilger stand im Telefonbuch, ich erreichte ihn auf Anhieb. Seine Stimme hatte einen norddeutschen Einschlag. Ich stellte mich als englischer Fotograf auf der Durchreise vor. Ob ein kurzfristiges Treffen möglich wäre?

Hilger bedauerte. Er sei am Sprung, da er seine Frau zur Heilgymnastik bringen müsse. Ich dürfe ihn nicht nach der Sinnhaftigkeit dieser Aktion fragen, einen Tag vor ihrer beider Kurantritt in Bad Prebl. Die eingeborene Bösartigkeit des Weibes entziehe sich bekanntlich jeder Deutungshoheit.

Ich fragte, ob es nicht eine Möglichkeit gebe, ihn zwischen Heilgymnastik und Kur zu treffen? Jaja, das ginge schon. Ich könne gegen sechs bei ihm in der Wohnung vorbeikommen. Mir fiel ein Stein vom Herzen.

Der Termin ließ mir einige Stunden Zeit, die ich damit verbrachte, mich eingehender mit dem Kollegen zu beschäftigen. Paula hatte bereits die Adresse seiner Interessenvertretung ausfindig gemacht.

Über das *Syndikat der Pressephotographen und Bildagenturen Österreichs* kann ich nur Gutes berichten. Ich hatte mir eine komplizierte Geschichte zurechtgelegt; eine Maßnahme, die sich als unnötig erwies. Im Büro saß ein einziger, überforderter Mann, der, kaum hatte ich mich vorgestellt, erklärte, er wäre normalerweise gar nicht hier. Dann machte er seinem Ärger Luft: Der zuständige Sachbearbeiter sei krank, er selbst kenne sich nicht aus, aber wenn ich selber Nachschau halten wolle, könne ich das ruhig tun. Dort drüben befinde sich die Registratur, in der sämtliche Schriftstücke aufbewahrt wären. Sein Gesicht zeigte rote Flecken der Aufregung.

Ich gab daraufhin gar nicht erst vor, die Sache systematisch anzugehen, und zog den Ordner He–Hu aus dem Regal. Die Akte Hilger war recht ergiebig. Er stammte aus Hannover, stand im einundsiebzigsten Jahr und war gelernter Kinotechniker. Aus Gründen, die im Dunkeln blieben, war er vor dem Ersten Weltkrieg nach Wien gekommen, wo er sich, offenbar als Autodidakt, das Handwerk des Fotografen aneignete. In der Zeit zwischen den Kriegen hatte er auf dem Gebiet der Pressefotografie eine bedeutende Rolle gespielt. Neben seiner aktiven Tätigkeit war er Teilhaber der Fotoagentur Ernst und Hilger, die unter anderem die Generalvertretung der Bildagentur der New York Times innehatte. Im März neunzehnhundertachtunddreißig schied sein Kompagnon Leo Ernst aus, man konnte sich mit etwas Fantasie vorstellen weshalb. Hilger wurde Alleininhaber, änderte den Firmennamen auf *Deutsches Nachrichtenbüro* und nannte sich nicht mehr *Pressephotograph*, sondern *Bildberichter*. Die Angaben über die Kriegsjahre stammten aus einem Fragebogen, den er im Februar neunzehnhundertachtundvierzig ausfüllen musste, als er sich um die Mitgliedschaft im Syndikat bemühte. Sie waren zum Teil etwas gewunden. Hilger behauptete, weder vor noch nach dem Anschluss an das Deutsche Reich bei einer nationalsozialistischen Organisation gewesen zu sein. Es passte in meinen Augen nicht ganz dazu, dass er den Überfall auf Polen, vielleicht auch noch den Beginn des Frankreichfeldzuges als Angehöriger einer Propagandakompanie mitgemacht hatte. Im Mai neunzehnhundertvierzig habe er *wegen marodieren* abgerüstet, was immer das heißen mochte. Des Weiteren behauptete Hilger, in den Jahren des Dritten Reiches polizeilich verfolgt worden zu sein. Er besitze eine Strafverfügung wegen Nichtleistung des Hitlergrußes, die bei ihm zu Hause eingesehen werden könne. Dann gab es noch einen verschämten Hinweis auf den gewesenen Kompagnon, der neunzehnhundertsechsundvierzig nach Österreich zurückgekommen war. Ernst hatte Ansprüche geltend gemacht, offenbar war man im Unfrieden auseinandergegangen. Ernst schien in weiterer Folge ein Veto gegen die Aufnahme des *Bildberichters* eingelegt zu haben; das Syndikat verlangte Beweise, dass Hilger tatsächlich als Fotograf tätig war. Der schickte postwendend eine Liste all jener Redaktionen, die in den letzten sechs Monaten von ihm beliefert worden waren. Vom Glanz der alten Zeiten war nichts mehr geblieben, anstelle der New York Times fanden sich Blätter wie die Österreichische Bauzeitung und Ruf der Jugend. Das Syndikat ließ ihn einige Zeit schmoren, ehe es ihm einen ablehnenden Bescheid zustellte. Hilger schrieb, er nehme diesen nicht zur Kenntnis und behalte sich vor, weitere Schritte zu unternehmen. Erst im November neunzehnhundertneunundvierzig wurde er aufgenommen. Der Akt endete mit der Notiz, dass man den verdienstvollen Kollegen, den *Nestor heimischer Pressefotografie,* bei der nächsten Vollversammlung mit der Ehrenmitgliedschaft auszeichnen werde. Eine zutiefst österreichische Karriere, dachte ich, während ich den Ordner zurückstellte. Der rot Gefleckte duckte sich, als ich zum Ausgang ging.

„Sie haben mir einen großen Dienst erwiesen", sagte ich.

Er schaute mich dankbar an. Ich fühlte mich an einen Hund erinnert, der gleich zu wedeln beginnen wird.

„Gestatten Sie noch eine abschließende Frage: Wie würden Sie das Wort *marodieren* definieren?"

Er überlegte. „Ich würde sagen, es ist ein Überbegriff für die Gesamtheit aller Verbrechen, die von den

Nachzüglern einer Truppe begangen werden. Vermögensdelikte, Notzucht, Brandschatzung, Mord."

*

Das Haus, in dem der Marodeur wohnte, stand an keiner sonderlich guten Adresse. An der Wohnungstür hing ein Messingschild, das so aussah, als ob es täglich geputzt würde. Ich läutete. Nichts. Ich läutete erneut. Nach einer, wie mir vorkam, langen Zeit, war das Geräusch energischer Schritte zu vernehmen. Hinter dem Türspion erschien ein starres Auge. Eine Frauenstimme sagte, dass man nichts brauche, nichts gebe und ich gut daran täte, dieses Haus nicht mehr zu betreten. Ich erklärte, mit ihrem Mann verabredet zu sein.

„Ach so. Warum sagen Sie das nicht gleich?!" Sie entsperrte zwei Schlösser, schob die Kette zurück. Die Tür öffnete sich. Vor mir stand ein schlecht gealterter Greteltyp, eine unangenehme Frau um die sechzig. Ich zweifelte keinen Augenblick, dass sie in der Nationalsozialistischen Frauenschaft tätig gewesen war. Sie trat einen Schritt zurück und rief mit schriller Stimme: „Albert! Besuch!"

Hilger erschien. Er trug abgewetzte Pantoffel und eine Wollweste, es wunderte mich, dass er keine Hauskappe aufhatte. Er wirkte wie ein Oberstudienrat. Pedantisch, dachte ich, in hohem Maße pedantisch. Ich überreichte meine Gastgeschenke: der Gretel eine Bonbonniere, dem Gatten eine Flasche Wein. Die Gretel verzog den Mund. Hilger schaute erfreut.

„Lacryma Christi“, sagte er, „sehr schön. Lassen Sie uns in mein Arbeitszimmer gehen. Ich erwarte einen Auslandsfernruf.“

Das Zimmer machte den Eindruck eines Archivs, eines von der tadellos aufgeräumten Sorte. Er wies auf einen Hocker: „Nehmen Sie Platz. Darf ich Ihnen etwas zu trinken anbieten?“ Ich fragte, ob ein Kaffee zu viele Umstände machen würde. Er sagte, an sich nein, aber er würde dringend davon abraten. Seine Frau gehöre einer Diätköstler-Sekte an und könne keinen trinkbaren Kaffee bereiten. Sie könne auch keine genießbaren Speisen kochen. Das Oberhaupt der Sekte nenne sich Gayelord Hauser und propagiere die Verwendung von Joghurt, Brauhefe, Melasse, Weizenkeimen und Magermilchpulver bei allen Mahlzeiten. Er selbst habe nicht mehr viele Wünsche. Doch würde es ihn freuen, diesen Hauser noch zu Lebzeiten an einem Magen-Darm-Karzinom zugrunde gehen zu sehen. Er lachte ein freudloses Lachen. Die Tür wurde aufgerissen.

„Albert! Möchte der Besuch vielleicht einen Kaffee?“

„Nein, Marie. Niemand mag deinen Kaffee. Selbst wenn man im Begriff wäre, am Nordpol zu erfrieren, würde man …“

„Ich denke, wir trinken einen Schluck Wein, gnädige Frau. Wenn ich Sie um zwei Gläser bitten dürfte?“

„Und ich kann mir dann das Gewinsel anhören, wenn er einen Gichtanfall hat“, murmelte sie böse.

Hilger ignorierte sie. „So, junger Mann. Und jetzt fragen Sie. Ich blicke auf ein ereignisreiches Leben zurück.“ Mir fiel in diesem Augenblick leider überhaupt nichts ein. „Wie ich sehe, betrachten Sie die Medaillen und Pokale in der Eckvitrine." Ich nickte, obwohl sie mir gar nicht aufgefallen waren. „Die schiere Fülle hat noch jeden Besucher erstaunt. Ich war in meiner Jugend Turmspringer, müssen Sie wissen. Europameister. Im Krieg (er sagte Kriech) bin ich in voller Marschadjustierung aus fünfzehn Meter Höhe in das Becken des Dianabades gesprungen. Das war eine Wohltätigkeitsveranstaltung für das Rote Kreuz. Ich spreche natürlich vom Ersten Weltkrieg."

Fast hätte ich gesagt, dass ich im Dianabad schwimmen gelernt hatte. Es gelang mir, dem Satz eine andere Wendung zu geben. „Ich habe im Diana ... ich meine im Stern, kürzlich Bilder von Ihnen gesehen."

„Sie meinen Hitler? Hitler war leicht. Von dem gibt es keine schlechten Fotos. Das heißt, es gibt sie schon, aber es fällt nicht weiter auf, weil die Person so aufgeladen ist und alles überstrahlt."

„Wie meinen Sie das?"

„Ich meine, dass Hitler einen Pakt mit dem Teufel eingegangen ist. Das kommt vor. Auch ich bin einen Teufelspakt eingegangen, als ich geheiratet habe. Wobei Hitler die besseren Konditionen hatte. Können Sie mir sagen, wieso es so lange dauert, zwei Gläser von A nach B zu bringen?"

„Bin schon da, Albert." Frau Hilger breitete ein gehäkeltes Deckchen auf den Tisch, platzierte zwei Untersetzer, auf die sie Weinrömer stellte.

„Seien Sie vorsichtig", mahnte sie. „Echt Bleikristall, handgeschliffen, aus Böhmen." Ich dachte an Helenes

Aussteuer in Manchester, in der sich ein ähnliches Set befand. Die Gattin überwachte den Vorgang des Einschenkens und ging erst, nachdem er ohne Flecken vonstattengegangen war.

Hilger hob sein Glas. „Na dann mal Prost!"

Wir tranken. Er leerte das Glas mit einem Zug. Ich schenkte nach. Hilger sah besorgt auf das Deckchen. Ich stellte die Frage nach seiner Befindlichkeit.

„Offen gesagt, schlecht. Wissen Sie, es ist ja nicht so, dass ich aus der Welt gefallen wäre. Aber aus der Zeit. Sie ist über mich hinweggegangen. In meinem Alter ist man schon ziemlich abgelebt.

Ich fragte ihn, was denn seine Zeit gewesen wäre. Die des Krieges?

Er sah mich streng an, stand auf, zog einen Aktenordner aus dem Regal, in dem er eine Weile herumblätterte. Dann las er mir seine Widerständigkeit vor, die polizeiliche Verfolgung wegen des nicht geleisteten Hitlergrußes. Ich vermisste den Satz, dass die Strafverfügung bei ihm einzusehen sei. Er klappte den Ordner zu. „Und einen wie mich wollten sie nach dem Krieg verhungern lassen. Mich. Einen Lichtzeichner. Weil ich plötzlich ein Nazi gewesen sein soll. Warum? Weil ich ein paarmal diesen Hitler abgelichtet habe."

Ich beschwichtigte ihn. Es läge mir fern, ihn der Sympathie für den Nationalsozialismus zu bezichtigen. Doch könne ich mir vorstellen, dass die Zeit von den Motiven her wesentlich mehr hergegeben hätte als die jetzige.

„Ja", meinte er nachdenklich, „das ist richtig. Obwohl der erste Krieg immer der interessanteste ist. In meinem

Fall auch der anspruchsvollere. Die Anforderungen waren höher. Die Schwere und die Unzulänglichkeit des Materials, die Schwierigkeiten bei der Überwindung von Strecken. Das meiste zu Pferd. Rein energetisch betrachtet, sind Kriege immer ein Segen. Dies zu leugnen, wäre töricht. So gesehen, waren es spannende Jahre. Wenn ich überlege, was ich heute alles fotografieren muss, um über die Runden zu kommen – aber daran darf ich gar nicht denken."

Hilgers Frau stand plötzlich in der Tür. Sie hatte den Ausdruck eines Menschen, der eine unheilvolle Botschaft zu verkünden hat.

„Albert! Du hast die Bettflasche noch nicht ausgeleert. So kann ich sie nicht einpacken. Und ohne Flasche können wir nicht fahren. Nicht mit deiner Blase."

Hilger wandte sich an mich. „Denken Sie sich nichts. Es hat nichts zu bedeuten. Sie will mich demütigen. Das macht sie gerne. Sie verfügt über ein beachtliches Repertoire. Nur hat die Gute dabei übersehen, dass sich mit der Zeit die Fähigkeit zur Erniedrigung erschöpft. Überhaupt höre ich schon lange nicht mehr hin, wenn sie etwas sagt." Er drehte den Kopf. „Marie, ich hab dir tausendmal gesagt, ich wünsche nicht gestört zu werden, wenn ich Besuch habe. Herr Strings möchte mich interviewen. Er ist eigens aus London angereist und ..."

„Aus Manchester", korrigierte ich.

„Das ist doch jetzt vollkommen egal", fuhr er mich an, „von sehr weit her jedenfalls."

Sie stemmte die Arme in die Hüften. „Und wenn der Mann vom Mond gekommen ist. Ich habe gesagt, die

Flasche gehört ausgeleert. Ich möchte es nicht noch einmal sagen müssen, Albert."

Hilger erhob sich. „Gehen wir. Die Erfahrung lehrt, dass wir das Gespräch an diesem Ort nicht fortführen können."

„Sagten Sie nicht, dass Sie einen Auslandsfernruf erwarten?"

„Der Albert?", höhnte die Frau. „Bei uns hat seit Jahren niemand mehr aus dem Ausland angerufen. Wer sollte *den* auch anrufen?"

„Ich zum Beispiel", sagte ich.

Hilger wiegelte ab. „Lassen Sie nur. Wissen Sie, es hat auch sein Gutes, wenn man mit jemandem wie Marie verheiratet ist. Der Tod verliert seinen Schrecken. Wovor sollte sich jemand wie ich noch fürchten?" Hilger nahm seine Kamera. Ansonsten verließ er die Wohnung, wie er war, in Pantoffeln und Strickjacke.

Im Stiegenhaus meinte er, er sei selber schuld, dass er die Bestie geheiratet habe. Aber Marie sei für Wiener Verhältnisse sehr reinlich und dann plätte sie ausgezeichnet. „Schauen Sie nur die Schärfe dieser Bügelfalte!" Er deutete auf sein Bein. „So eine Hose wie die Ihre könnte ich nie tragen. Die hängt doch herunter wie ein Lumpen."

„Jeder hat seine Prioritäten", sagte ich diplomatisch. Auf der Straße machte ich den Vorschlag, etwas essen zu gehen.

„Sie überschätzen meine finanziellen Verhältnisse", erwiderte er bekümmert.

„Sie sind selbstverständlich mein Gast."

„Das ist sehr liebenswürdig. Kommen Sie." Er führte mich in ein unweit gelegenes Lokal. Es nannte sich Balkangrill. „Sie zahlen wirklich alles?", vergewisserte er sich.

„Alles. Sie können essen und trinken, was immer Sie wollen."

Hilger wählte einen Tisch mit Blick zur Tür. Ehe er sich setzte, nahm er die Kamera aus der Tasche. „Wenn wir Glück haben, werden wir heute noch Zeugen einer wunderbaren Szene."

Der Kellner trug ein bunt besticktes Hirtenhemd mit weiten Ärmeln. Er war damit bereits in ein papriziertes Gericht geraten. „Was darf ich den Herrschaften zu trinken bringen?"

Hilger bestellte zwei Herrengedecke.

„Zwei Bier, zwei Slibowitz. Kommt sofort. Wünschen die Herrschaften auch zu speisen?"

„Allerdings." Der Herr im Hirtenhemd reichte Hilger eine umfangreiche Karte. „Nicht nötig! Ich nehme das Donauschiff."

„Eine gute Wahl, Herr Professor. Und Sie?"

„Der andere Herr nimmt das Hunnenschwert."

Der Kellner entfernte sich.

„Darf ich erfahren, was mich erwartet?"

Hilger schnalzte mit der Zunge. „Natürlich. Das ist schließlich kein Geheimnis. Am Hunnenschwert finden sich Schweinskarree, Würstel, Schnitzel, Lungenbraten und Speck. Alles am Holzkohlengrill gebraten. Das wird Ihnen munden."

Mir hatte der Sinn nach Fisch gestanden.

„Und das Donauschiff?“, fragte ich gereizt.

„Neunerlei Arten Fleisch, angerichtet mit eingemachtem Gemüse und Früchten, dazu verschiedene Mayonnaisen. Gayelord Hauser würde toben.“ Er rieb sich vergnügt die Hände. „Na, und meine Frau erst. Wenn die wüsste, dass ich hier bin, die würde ...“

Die Eingangstür wurde mit Wucht aufgestoßen.

„Drehen Sie sich um. Das wird Ihnen gefallen.“

Ein alter Mann stand auf der Schwelle. Er hatte ein zornrotes Gesicht, blickte wütend um sich, ehe er den Kopf mit einer abrupten Bewegung wendete und zu schreien begann.

„Ich nehme dich nie wieder mit! Wenn du nicht in der Lage bist, aus der Wohnung zu gehen, musst du eben zu Hause bleiben.“

Im Restaurant wurde es still. Man vernahm die dünne Stimme einer Greisin.

„Aber Emil, ich bitte dich, Emil ...“

„Hertha, ich meine es ernst: Ich nehme dich nie wieder mit.“

„Emil, so warte doch!“

Der Mann setzte sich und bedachte seine Frau, die unsicheren Schrittes näher trippelte, mit einem angewiderten Blick. Hilger, der den Auftritt fotografiert hatte, verstaute die Kamera. Sein Gesicht leuchtete.

„Sehen Sie – auch das ist ein Grund, warum ich gerne hier bin. Es ist der Auftritt dieses Paares. Sie kommen häufig. Eine Demonstration von Macht, wie sie mir versagt geblieben ist.“ Er seufzte. „Womit hätten Sie diesen Augenblick festgehalten?“

Es folgte das übliche Abtasten unter Kollegen, mit Diskussionen über die zu wählenden Einstellungen, Filter und dergleichen.

Das Hirtenhemd kam mit einer Empfehlung des Hauses, einem Teller in Speck gebratener Hühnerleber.

„Gestatten Sie eine Frage", sagte ich. „Sie wissen, was in diesem Lokal vor sich geht, man kennt Sie, Sie kennen die Karte: Wie geht das mit Ihrer Lebenssituation zusammen?"

„Wissen Sie, ich sage es nicht gerne, aber wie ich bereits angedeutet habe, bin ich mit den Jahren in Verhältnisse gekommen, die mich zwingen, praktisch jeden Auftrag anzunehmen. Es ist ja kaum noch ein Geschäft zu machen. Nun, von diesem Restaurant gibt es ein Kochbuch; reich bebildert, die Fotos stammen von mir. Bei der Honorarfrage kam mir in den Sinn, dass es am Abend Graupensuppe geben würde. Da habe ich vorgeschlagen, mir stattdessen einen Restaurant-Gutschein auszustellen. Ich muss sagen, der Besitzer war wirklich großzügig. Nette Menschen, diese Albaner. Gott, was habe ich gefressen!" Er lachte, wurde sofort wieder ernst, fasste mich am Arm. „So schlage ich mich durchs Leben. Das sind Tiefen, Herr Strings! Tiefen, die Ihnen hoffentlich erspart bleiben werden."

„Ich war schon bei Dosenerbsen. Viel tiefer geht es nicht."

„Einbauküchen."

„Kindergeburtstage."

„Frischlinge an der Labestation Hirschgstemm."

„Melanitta nigra."

„Was ist das?"

„Die Trauerente. Nistet in Sumpfgebieten."

„Die hatte ich noch nicht."

„Sehen Sie."

„Wie es scheint, sind wir beide auf den Hund gekommen. Unter diesen Umständen beteilige ich mich natürlich an der Rechnung."

„Das ist sehr freundlich von Ihnen, aber nicht nötig. Ich erlebe gerade eine Glückssträhne."

„Na dann. Auf das Glück der jungen Jahre." Er prostete mir zu, trank, setzte ab, leckte den Bierschaum von der Lippe.

„Das ändert sich, Herr Kollege, das ändert sich. So schnell können Sie gar nicht schauen."

Es wurde ein anregender Abend. Gegen zehn Uhr drängte ich zum Aufbruch. Hilger wollte nicht nach Hause. Ich stellte ihm in Aussicht, das Gespräch in seinem Arbeitszimmer bei einer Flasche Wein seiner Wahl fortzusetzen. Er wählte den seiner Ansicht nach bekömmlichsten, einen Amselfelder aus dem Kosovo. Ehe wir gingen, gelang es mir, Hilger noch zu einem starken türkischen Kaffee zu überreden. Ich brauchte ihn einigermaßen nüchtern. Es war mir entsetzlich peinlich, als sich Hilger bei mir einhängte und *In einem Polenstädtchen, da lebte einst ein Mädchen, das war so schön* zu singen begann. Ich war erleichtert, dass er nach der ersten Strophe nicht mehr weiterwusste.

„Kennt die englische Wehrmacht auch Soldatenlieder?", fragte er.

„England hat keine Wehrmacht."

„Aber irgendetwas müssen die Soldaten beim Marschieren doch singen?“

Ich sagte ihm, dass ich keine Ahnung habe.

Er schlug mir tröstend auf die Schulter. „Machen Sie sich nichts draus.“

Vor dem Haus bemerkte Hilger, dass er keinen Hausschlüssel mithatte.

„Das ist schlecht, sehr schlecht ist das. Jetzt müssen wir die Hausmeisterin herausläuten. Auch eine Hexe. Wie meine Frau. Ein richtiges Hexenhaus.“

Er klopfte gegen eine ebenerdige Scheibe. Die Hausmeisterin öffnete. Ein klebriger Schlager drang nach draußen.

„Ah, der Herr Hilger. Da schau ich aber. So spät und in Begleitung? Ich komme gleich. Sie können das Sperrgeld inzwischen schon herrichten. Das macht drei Schilling. Bitte genau, weil ich kann nicht herausgeben.“ Sie schloss die Fensterflügel.

„Sehen Sie?“, zürnte Hilger. „Die Leute werden immer dreister. Drei Schilling für das Öffnen einer Tür. Die bekommt sie natürlich nicht. Ich werde dieser Person …“

Die Person schloss auf, hielt Hilger zwei hektografierte Zettel unter die Nase.

„Hier. Bitte. Sehen Sie selbst. *Die Information. Mitteilungsblatt der parteifreien Hausbesorger.* Da steht es schwarz auf weiß: *Das an den Hausmeister zu entrichtende Sperrgeld beträgt vor Mitternacht drei, nach Mitternacht vier Schilling.* Alsdann: Machen S' keinen Aufstand und zahlen S', es ist grad ein schönes Radio.“

Ich gab ihr zehn Schilling, sagte, das stimme schon, sie müsse mich ja auch wieder hinauslassen. Hilger schüttelte den Kopf. Zu meiner Überraschung war die Wohnung unversperrt. Im Flur hörte man Schnarchgeräusche.

„Das Biest schläft. Das ist erfreulich. Gehen Sie schon einmal ins Arbeitszimmer. Ich hole Gläser. Und schrecken Sie sich nicht, falls Marie die Bettflasche auf den Tisch gestellt haben sollte."

Ich ging in sein Zimmer und schreckte mich nicht. Hilger rumorte in der Küche, Wasser rauschte, der Herd wurde entzündet, ein Kessel aufgesetzt. Es verstrich einige Zeit, ehe Hilger im Zimmer erschien. Neben den Gläsern brachte er eine Schüssel mit heißem Wasser, in dem die Rotweinflasche stand. Ein Tropfen wie dieser gehöre richtig temperiert, erklärte er. Erst als der Wein lauwarm war, durfte eingeschenkt werden. Während Hilger sein Glas schwenkte und schnaubend daran roch, forderte er mich auf, ihm doch endlich die Frage zu stellen, derentwegen ich zu ihm gekommen sei.

Ich zog den Stern aus der Tasche, deutete auf das bewusste Foto und fragte nach der Geschichte hinter dem Bild. Er hielt die Seite nah vor sein Gesicht, las halblaut die Bildunterschrift: *Rassenhaß predigten die neuen Machthaber vom ersten Tag an. Unter den Rollkommandos der SA …* Das sei wieder ein typischer Fall von journalistischem Unvermögen, sagte er, während er die Zeitung auf den Tisch warf, *Rollkommandos der SA* zu schreiben, obwohl weit und breit kein SA-Mann zu sehen sei.

„Und der Herr mit der Hakenkreuzbinde?“, fragte ich.

Eine Hakenkreuzbinde mache noch lange keinen SA-Mann, antwortete er verächtlich. Aber um auf meine Frage zurückzukommen, über das Bild könne er schon etwas erzählen. Seltsam eigentlich, denn damals habe er kaum noch aktiv fotografiert, das hätten andere für ihn erledigt. Doch in diesen Tagen sei der alte Jagdinstinkt wieder durchgebrochen und es habe ihn nicht länger gehalten. Als einer seiner Angestellten in die Agentur gekommen sei, habe er ihm kurzerhand die Kamera aus der Hand genommen und ihn ins Labor abkommandiert, wo sich die unentwickelten Filmrollen schon zu Bergen türmten.

„Aus der Perspektive eines Fotoagenturinhabers sind die Tage um den fünfzehnten März neunzehnhundertachtunddreißig wirklich große Tage gewesen.“

Vor allem aus der Perspektive des arischen Teilhabers, dachte ich. Hilger nahm einen Schluck, lobte die Bekömmlichkeit des auf bauxitreicher Erde gewachsenen, ohne Stängel gekelterten Weines, wischte sich den Mund und meinte: „Wobei sich Mitte März schon öfter interessante Dinge ereignet haben.“

Sein damaliges Büro lag in der Nähe der Oper, und die Stadt wäre von einem Elan erfüllt gewesen, wie er ihn in Wien überhaupt noch nie verspürt habe. Diese sonst so typische missmutige Trägheit wie weggeblasen.

Blöder Piefke, dachte ich.

Motive ohne Ende, aber er habe so etwas wie eine Witterung gehabt, wie ein Jagdhund, eine Witterung, die ihn geradewegs in die Leopoldstadt geführt habe.

Dort die Taborstraße hinunter, aber da sei nicht viel los gewesen, beschmierte Schaufensterscheiben, Davidsterne, Karikaturen von Judenköpfen und dergleichen. Die meisten Geschäfte geschlossen, mit heruntergezogenen Rollbalken. Na ja, die Leopoldstadt sei ja immer ein Tummelplatz des Juden gewesen und der Jude habe natürlich gewusst, woher der Wind jetzt wehe. Nach dem Augarten sei er dann rechts abgebogen, bis zur Heinestraße, und dort habe er das Glück gehabt (beim Wort Glück stieß ich fast das Glas um), Zeuge dieser Szene zu werden. Ich müsse mir das so vorstellen: Er verlasse die Seitengasse, die in einer Nebenfahrbahn von der Heinestraße münde. Sehe einen Auflauf auf der anderen Straßenseite. Sehe weiters, wie sich die Menge plötzlich teilt und der Mann mit der Hakenkreuzbinde den Jungen aus dem Haus führt. Nicht er allein. Hinter ihm sind noch andere Männer, die zwei Erwachsene gepackt haben. Aber das war nicht interessant. Interessant war, dass man, obwohl man das Gesicht des Jungen nicht gesehen hat, weil er den Kopf gesenkt hielt, diese unglaubliche Angst spürte. Den Zusammenprall von Macht und Ohnmacht. Es wäre ein gewaltiges Foto geworden, wenn es damals schon Teleobjektive gegeben hätte. In dieser Hinsicht habe es meine Generation leichter. Warum ich plötzlich so seltsam dreinschaue? Ob mir nicht wohl wäre? Er habe es nicht so gemeint, das mit dem Leichterhaben. Immerhin sei es ihm vergönnt gewesen, erst im fortgeschrittenen Alter diesen ganzen Dreck ablichten zu müssen, den ich bereits jetzt ablichten müsse. Er habe schöne Erinnerungen. Ich bemerkte, dass besagter Märztag sicher darunterfalle. Natürlich, meinte er, ein gutes Foto habe ja nichts mit Moral zu tun. Das seien zwei verschiedene Paar Stiefel (er sagte: Stiebel). Es wäre der denkbar schlechteste Augenblick gewesen, um den Abend abzubrechen. So sagte ich: „Vielleicht haben Sie recht."

„Natürlich habe ich recht!" Hilger schwenkte das Glas so heftig, dass Wein auf das gehäkelte Deckchen schwappte. Er schaute entsetzt.

Ich versuchte, das Gespräch in andere Bahnen zu lenken. „Reden wir nicht über Moral, das führt zu nichts."

„Moral, Moral", sagte er, „hören Sie mir mit Ihrer Moral auf! Ich habe hier ein echtes Problem! Was, meinen Sie, kann ich mir morgen anhören, wenn Marie das sieht!"

Er könne es mir in die Schuhe schieben, schlug ich vor. So etwas mache er nicht. Auf seine Ehre habe er immer gehalten. Hilger starrte auf den Fleck. Ich riet ihm, Salz darüberzustreuen. Das binde.

„Meinen Sie wirklich?" Hilger schlurfte in die Küche. Er beruhigte sich, nachdem der Fleck unter einer Salzschicht verschwunden war.

„Wo waren wir stehen geblieben?"

„Der Junge ist gerade aus dem Haus gebracht worden. Er hat Angst."

„Richtig. Und ich hatte kein Teleobjektiv. Also, ich laufe, ohne nach links und rechts zu blicken, über die Straße. Und werde dabei fast über den Haufen gefahren."

„Von einem Auto?"

„Einem Fahrrad. Das führt natürlich zu einem Wortwechsel, Beschimpfungen, Androhungen von Ohrfeigen, und ich verliere Zeit. Sie können sich ja vorstellen, wie widrig mir das in dieser Situation war. Denn der Junge kniete bereits am Pflaster und schrieb gewissermaßen, also den Namen seiner Rasse auf die Mauer. Und mir gelingt es im letzten Moment, bevor er wieder aufsteht, also eigentlich ist er mehr hochgerissen worden, dieses Foto zu schießen. Wirklich im allerletzten Moment."

Ich biss mir auf die Lippen. Hilger rieb sich die Augen.

„Herr Kollege, ich möchte keinesfalls den Eindruck erwecken, dass mir Ihr Besuch lästig fällt, aber es ist spät geworden. Ich muss ins Bett."

„Lassen Sie uns die Flasche noch austrinken. Was ist danach passiert?"

Hilger gähnte. „Wenn Sie es unbedingt wissen wollen: Der mit der Hakenkreuzbinde hat mich angeschnauzt, was mir überhaupt einfalle, hier zu fotografieren. Ich habe zurückgeschnauzt, er solle sich unterstehen, die Arbeit eines Bildberichters aus dem Großdeutschen Reich zu behindern. Natürlich in schnarrendem Kasernenton. Er war in weiterer Folge sehr kooperativ, der Herr Lehrer. Hat sich sogar entschuldigt, weil er meine Hakenkreuzbinde nicht gleich gesehen hat."

Ich versuchte, mich an die Szene zu erinnern. Es gelang mir nicht. Dann sickerte die Ungeheuerlichkeit von Hilgers letztem Satz durch.

„Sie trugen eine Hakenkreuzbinde?!"

„Selbstverständlich. Jeder Fotograf, der nicht ganz von Sinnen war, hatte in diesen Tagen so ein Ding am Ärmel. Gab es an allen Ecken, um ein paar Groschen zu kaufen.

War eine kolossale Arbeitserleichterung. Wo waren wir stehen geblieben?"

„Wir sind noch immer beim Jungen."

„Ach ja. Der Junge kniet also am Pflaster. Regelrecht erstarrt, wie eine Figur aus Pompeji. Und der Lehrer wirkt etwas verstimmt, weil ich ihn gemaßregelt habe."

„Was macht Sie so sicher, dass er Lehrer war?"

„Ich bitte Sie! So etwas sieht man doch. Der Mann hatte eine typische Lehrerphysiognomie. Jedenfalls hat er den Jungen dann hochgerissen. Wenn ich mich recht erinnere, hat sich der Junge dabei mit Farbe beschmutzt."

Hilgers Erinnerung war korrekt.

„Und dann ging es weiter, die Straße hinauf Richtung Praterstern. Die Gruppe ist immer größer geworden. Der Lehrer hat den Anführer markiert, ich habe weiterfotografiert. Wie das Gesetz es befahl. Gibt es noch einen Schluck von dem Amselfelder?"

Für einen Spartaner säufst du zu viel, dachte ich, während ich nachschenkte. „Und der Junge?"

„Ach, der Junge. Von dem hätte ich gern noch ein Bild gemacht, aber er hat den Kopf nicht mehr hochgebracht. Ging noch eine Weile mit, mit Farbtopf und Pinsel. Irgendwer brachte dann einen orthodoxen Juden, der die Sachen übernommen hat. Der Junge muss kurz darauf weggelaufen sein. Ich an seiner Stelle hätte auch Fersengeld gegeben. So, jetzt muss ich aber wirklich …"

„Ich will die Fotos sehen."

Hilger wuchtete sich aus dem Stuhl. „Aber gerne – bedienen Sie sich! Es gibt von allen Negativen Abzüge.

Nehmen Sie sich, was immer Sie brauchen. Sie müssen mich kurz entschuldigen. Die Blase, wissen Sie."

Hilgers Archiv war chronologisch geordnet. Ich fand mich in der Abteilung März neunzehnhundertachtunddreißig unter dem Stichwort *Jude*. Vor mir kam Hitler, nach mir das Treffen des Kolonialpolitischen Amtes der NSDAP im Wiener Rathaus. Der Herr mit der Hakenkreuzbinde tauchte auf sechs weiteren Fotos auf. Wo das Gesicht frontal zu sehen war, machte es einen aufgeräumten, zufriedenen Eindruck. Du wirst bald anders aussehen, dachte ich. Die Spülung wurde betätigt. Ich verstaute die Fotos.

„Fündig geworden?" Hilger stand im Türrahmen. Er schwankte. Ich nickte.

„Gut. Dann begleite ich Sie jetzt hinaus."

„Gestatten Sie mir eine allerletzte Frage. Sie betrifft den Lehrer. Wissen Sie sonst noch etwas über ihn?"

Hilger kratzte sich am Kopf. „Sie stellen Fragen! Lassen Sie mich überlegen." Er überlegte lange. Ich verging fast vor Ungeduld. Hilger fühlte sich bemüßigt, darauf hinzuweisen, dass er nicht mehr so schnell denke wie früher. Er bewege sich auch langsamer. Es vergehe kein Tag, an dem ihn seine deutlich jüngere Frau nicht darauf hinweisen würde. Die Bestie. Über kurz oder lang werde er in einem Heim landen. Aber das schrecke ihn nicht, er habe wie gesagt schöne Erinnerungen. Der heutige Abend gehöre dazu. „Verbindlichsten Dank, junger Mann."

„Ich fragte nach dem Lehrer."

„Richtig. Der Lehrer. Der Lehrer war ein Freund des Kunstliedes. Er summte den Beginn des Forellenquintetts, als der orthodoxe Jude den Pinsel in den Kübel gesteckt hatte. Und dann hatte er ein Abzeichen am Hut. Ich würde sagen, vom Schubertbund."

„Sind Sie sich da ganz sicher?"

„Ziemlich sicher. Aber nageln Sie mich nicht darauf fest."

Beim Verabschieden überlegte ich, ob ich meine wahre Identität preisgeben sollte. Ich unterließ es; es hätte bei einem wie Hilger nichts gebracht. Er befand sich bereits im Fegefeuer.

Ich erwachte und war voller Tatendrang. Es roch nach Kaffee. Ehe ich ins Esszimmer ging, rasierte ich mich. Paula lächelte. „Sie haben einen elastischen Gang. Sie machen den Anschein eines Menschen, der erfolgreich gewesen ist."

„Ich bin nicht unzufrieden."

„Erzählen Sie!"

Ich erstattete Bericht.

Sie hörte aufmerksam zu. „Zeigen Sie mir die Fotos."

Ich schob ihr den Stapel zu.

Sie sah ihn durch wie ein schlechtes Blatt. „Rasender Fotograf ist er keiner. Immerhin erkennbar, der Herr Lehrer. Das heißt, Sie müssen zum Schubertbund und zum Stadtschulrat. Für den Stadtschulrat brauchen Sie ein Empfehlungsschreiben. Ich ruf den Doktor Riccabona an."

„Wer ist das?"

„Ein Ministerialrat. Alter Freund der Familie. Etwas schrullig. Aber ein ganz ein lieber Mensch."

*

Der Wiener Schubertbund war eine jener Institutionen, bei denen das Betreuungsverhältnis zwischen Auskunftssuchenden und Auskunftsgebenden in keiner Verhältnismäßigkeit stand.

Ich wurde von drei rüstigen Mitarbeitern in Empfang genommen, die eine Aura heiterer Melancholie ausstrahlten. Sie waren, wie ich gleich eingangs erfuhr, ehrenamtlich tätig. Vermutlich wurden sie von ihren Frauen untertags der Wohnung verwiesen. Ich stellte mich als Engländer vor. Das wurde als exotisch eingestuft. Es gab eine kurze, den Ansatz eines Kampfes in sich tragende Auseinandersetzung, wer für mich zuständig sei. Ich schlichtete den Streit, indem ich darauf hinwies, vielleicht ihrer aller Hilfe in Anspruch nehmen zu müssen. Es verhalte sich wie folgt: Mein jüngst verstorbener Vater sei zeitlebens ein Liebhaber des Schubertliedes gewesen. Neunzehnhundertachtunddreißig habe er an einem Ärztekongress in Wien teilgenommen. Zeitgleich hätte eine Veranstaltung des Schubertbundes stattgefunden, die aufzusuchen er nicht versäumte. Dort lernte er ein Vereinsmitglied kennen, mit dem es noch etwas zu regeln gebe. Eine Angelegenheit privater Natur. Es wäre dem Vater sehr wichtig gewesen, die Sache in Ordnung zu bringen. Leider sei es ihm nicht vergönnt gewesen. Die Zeitumstände, der Krieg, die Nachkriegszeit, der Wiederaufbau. Aber das brauche ich wohl nicht zu erklären; im Krieg hätten alle gelitten. Die Herrschaften nickten ernst. Als endlich wieder ans Reisen zu denken war, dann das finale Leiden in Form einer langen, zehrenden Krankheit. Ich habe das Privileg gehabt, ihn in seinen letzten Tagen begleiten zu dürfen. Er sei friedlich gestorben, im Bewusstsein, dass das, was unerledigt geblieben war, bald zu einem guten Abschluss gebracht werden würde. Deshalb stünde ich nun hier, um meine Sohnespflicht zu erfüllen. Die drei Herren waren ergriffen. Sie versicherten, alles in ihrer Macht Stehende zu tun, um mir zu helfen. Was nicht schwerfallen dürfte, man habe ein vorbildlich geführtes Adressverzeichnis. Ganz im Gegensatz zu ähnlichen Institutionen, ohne dass man jetzt Schlechtes über die Kollegen vom Mozartbund sagen möchte. Wie denn der werte Name des Mitglieds laute? Das eben sei das Problem, meinte ich, der Name stehe auf einem Zettel, der auf meinem Schreibtisch in England liege. Die Herren sahen sich an, Ratlosigkeit im Blick. Ob es denn niemanden gebe, den ich anrufen könne? Ich schüttelte den Kopf. Leider. Das sei ein entschiedener Nachteil am Junggesellendasein. Er wiege aber die Vorteile nicht auf.

Ob es sonstige Hinweise über das gesuchte Mitglied gebe? Alter, Stand, Beruf? Damit konnte ich dienen. Vermutlich Lehrer, in Pension, um die siebzig. Die Herrschaften lächelten wehmütig. Das sei die mit Abstand größte Gruppe innerhalb des Schubertbundes, der ursprünglich ja als Lehrersängerchor gegründet worden war. Es sei praktisch unmöglich, jemanden aufgrund dieser Eckdaten ausfindig zu machen. Ich sagte, dass es vielleicht doch eine Möglichkeit gebe. Zwar hätte ich den Zettel liegen gelassen, aber ein Foto mit dem

Herrn eingesteckt. Ein Schnappschuss, zwanzig Jahre alt, immerhin ein Hinweis. Ich nahm das Bild aus der Tasche. Ein Foto von Hilger, auf dem der Gesuchte mit einem Ausdruck großer Zufriedenheit in die Kamera blickte. Die Ursache der Zufriedenheit, ein orthodoxer Jude mit Farbtopf, hatte ich weggeschnitten. Die Schubertbündler rückten ihre Brillen zurecht, das Bild ging von Hand zu Hand. Es wurde gedreht, gewendet und wortreich kommentiert. Am Ende kamen sie zu dem Schluss, dass der Herr auf dem Bild mit viel gutem Willen eine entfernte Ähnlichkeit mit einem Herrn Schnabel aufweise, aber schon deshalb nicht Herr Schnabel sein könne, weil dieser niemals eine Knickerbocker angezogen hätte. Herr Schnabel wäre lieber gestorben. Darüber hinaus sei er tot.

Enttäuscht bedankte ich mich. Schon im Gehen wurde die Frage nach Hüttenbrenner aufgeworfen. Wieso Hüttenbrenner nicht hier sei, der komme doch sonst täglich. Er wurde korrigiert: Hüttenbrenner sei natürlich da, er säße im Archiv. Einer machte sich auf den Weg. Ich schöpfte neue Hoffnung. Sie wurde von den verbliebenen Herren genährt. Hüttenbrenner, versicherten sie, könnte etwas wissen. Er habe über Jahrzehnte die Listen geführt. Ob ich in der Zwischenzeit vielleicht einen Blick auf ein außergewöhnliches Stück werfen möchte? Ich sagte, dass ich dies sehr gerne tun würde. Die Herren baten mich in einen Nebenraum, wo sie ein mit Notenschlüsseln intarsiertes Kästchen öffneten. Es enthielt einen ausgeblichenen Samtpolster, auf dem ein Knochen lag. Die Stimmen der Herren klangen ehrfürchtig, als sie erklärten, dass es sich um ein originales Rippenstück Schuberts handle, welches im Zuge einer Umbettung in den Besitz des Bundes gekommen war.

„Wunderbar", sagte ich, „etwas, worum Sie die anderen Vereine mit Sicherheit beneiden."

„Etwas, worum uns die Welt beneidet." Die beiden tuschelten miteinander. „Für gewöhnlich gestatten wir es nicht, aber da Sie ein besonderer Gast sind: Wollen Sie ihn angreifen?"

Ich fühlte mich eigentümlich optimistisch, nachdem ich den Knochen berührt hatte. Meine Zuversicht schwand, sobald ich Hüttenbrenners ansichtig wurde. Er saß zusammengesunken in einem Rollstuhl und machte nicht den Eindruck eines Mannes, zu dem noch viel dringen würde. Man platzierte ihn vor mir, begann seine Verdienste um den Bund aufzuzählen. Sie waren mannigfach und reichten bis in das letzte Jahrhundert zurück. Im Anschluss wurde Hüttenbrenner über mich und mein Begehr in Kenntnis gesetzt. Ich gab ihm das Bild. Er zitterte so stark, dass es ihm sofort aus der Hand fiel. Ich schob ihn zu einem Tisch, legte das Foto an den Rand. Hüttenbrenner beugte sich darüber. Die Bewegungen erinnerten an ein unterkühltes Reptil. Er könne nichts erkennen, sagte er. Es sei zu dunkel. Jemand brachte eine Lampe. Er beugte sich erneut darüber, verlangte nach einer Lupe. Ich hatte eine bei mir, schob sie in den schmalen Spalt zwischen Hüttenbrenners Brille und dem Foto. Es dauerte, bis der richtige Abstand gefunden war. Er herrschte mich an, die Hand gefälligst ruhig zu halten. Mir ging durch den Kopf, dass ich nun am Ende aller Recherchebemühungen angelangt war. In diesem Moment riss Hüttenbrenner den Kopf hoch. Das geschah mit einer Heftigkeit, die ein letztes Aufbäumen vor dem Tod befürchten ließ. Er gab röchelnde Laute von sich. Die anderen Herren schienen nicht im Geringsten besorgt. Es dauerte eine Weile, bis Hüttenbrenner das erlösende Wort sprach: *Hämmerlein.*

*

„Und wer ist nun dieser Hämmerlein?“, fragte Paula, als sie mir zum dritten Mal Kuchen auf den Teller häufte.

„Wenn ich es richtig verstanden habe, hat er früher eine Rolle in der Nachwuchspflege des Bundes gespielt. Mit Kinderchören das Ave Maria einstudiert und Ähnliches. Irgendwann hat ihm das nicht mehr gereicht. Er fühlte sich zum Schubertforscher berufen. An sich nichts Ungewöhnliches. Aber er entwickelte Ansichten, die nicht im Einklang mit der reinen Lehre des Bundes standen. Ein klassischer Fall von Häresie. Ein Ketzer, wenn Sie so wollen. Hämmerlein war überzeugt, dass wesentliche Teile der Biografie Schuberts neu geschrieben werden mussten. Er begann, seine Anschauungen zu verkünden, offenbar recht penetrant. Seine Kollegen haben darauf zunächst mit Langmut reagiert. Über Schubert ist ja viel Unsinn im Umlauf. Man hat Hämmerlein mehrfach gebeten, damit aufzuhören. Aber ausgeschlossen wurde er erst, nachdem er begonnen hatte, die *Wahrheit*, wie er es nannte, auf entwendetem Briefpapier des Vereins zu verbreiten.“

„Wie hat er den Ausschluss verkraftet?“

„Er hat ihn zunächst nicht zur Kenntnis genommen. Es ist zu unschönen Szenen gekommen; Besuchs-, Betretungs- und sonstige Verbote. Hämmerlein hat daraufhin seinen eigenen Verein gegründet.“

„Erwägen Sie eine Mitgliedschaft?“

„Ich schätze Ihren Humor, Paula.“

„Der Verein ist noch aktiv?“

„Diese Frage habe ich auch gestellt. Sie hat bei Hüttenbrenner einen Anfall ausgelöst. Die anderen Herren waren ernsthaft besorgt. Er hat sich zwar erholt, nachdem man ihm seine Herztropfen verabreicht hatte, aber die Herren haben mich gebeten, das Gespräch nicht mehr fortzusetzen.“

Paula sah mich mütterlich an. „Wie fühlen Sie sich?“

„Wie ein Triumphator.“

„Eine gute Verfassung für den Stadtschulrat. Ich gehe davon aus, dass Sie auf Schwierigkeiten stoßen werden. In diesem Fall verwenden Sie das hier.“ Sie gab mir ein Kuvert. Es war unbeschriftet und zugeklebt.

„Was ist das?“

„Ein Handschreiben von Doktor Riccabona. Sie werden sehen, es öffnet Türen. Rufen Sie mich an, wenn Sie fertig sind.“

*

Ich betrat das Palais, in dem der Wiener Stadtschulrat seinen Sitz hatte. Im Foyer saß ein Pförtner, der umständlich seine Zeitung umblätterte.

„Sie wünschen?", fragte er mürrisch.

„Ich wünsche eine Auskunft."

„In welcher Angelegenheit?"

„Es geht um einen Lehrer im Ruhestand."

„Sie haben einen Termin?"

„Nein."

Er wirkte erfreut. „In diesem Fall ist es unmöglich. Ohne Termin geht das nicht. Wir sind schließlich ein Organ der Schulbehörde."

„Ich glaube nicht, dass ich einen Termin benötige." Ich gab ihm das Kuvert.

Er schaute hastig nach links und rechts, ehe er es in die Innentasche seiner Uniformjacke stopfte.

„Danke schön, mein Herr. Gehen Sie in den ersten Stock links, die vierte Tür rechts. Gleich neben den Toiletten. Dort sitzt der Weibel. Sagen Sie dem Weibel, ich hätte Sie geschickt. Der Weibel hat einen Generalschlüssel, er kann Ihnen besorgen, was immer Sie brauchen."

Es ist verwunderlich, dass der Surrealismus von Paris seinen Ausgang genommen hat und nicht von Wien, dachte ich beim Hinaufgehen der Stufen. Ich wandte mich nach links. Auf der Toilettentür klebte ein Zettel: *Wegen der unschönen Abortgerüche sind die Aborttüren zügig zu schließen*. Einem Bedürfnis folgend, ging ich hinein. Als ich wieder heraustrat, war die erregte Stimme des Portiers zu hören. Sie kam aus Weibels Zimmer. Wenn ich zum Alten gegangen wäre, sei er geliefert. Da nütze ihm die ganze Unkündbarkeit nichts. Man werde ihn wegen Dienstvergehens entfernen. Vermutlich werde er auch noch um seine Versorgungsansprüche umfallen. Im günstigsten Fall könne er bis zum Pensionsantritt die WCs des Stadtschulrats reinigen (er sagte: die Häusel putzen). Er schluchzte hysterisch auf. Ein eigenhändiges Schreiben vom Kabinettschef des Unterrichtsministers! Ob sich Weibel ganz sicher sei, dass ich nicht hereingekommen wäre? Ob er nicht vielleicht kurz eingenickt sei? Ich sah die Rückenansicht des händeringenden Portiers und dachte: Du bist jetzt sehr mächtig, Titus. Weibel deutete stumm in meine Richtung. Der Portier drehte sich um. Seine Angst war nicht aufgesetzt. Ich fühlte mich an die Schlussszene von Don Giovanni erinnert. Ob ich schon beim Herrn Stadtschulpräsidenten gewesen wäre? Ich spielte die Rolle des steinernen Gastes. Dem folgte eine im hohen Grade abstoßende Unterwerfungsszene, an die ich mich ungern erinnere. Schließlich sah ich mich genötigt, den Portier anzuschreien, er solle auf der Stelle meine Beine loslassen und aufstehen. Er sei ein elendes, korruptes Individuum, aber immer noch ein Mensch. Kein Hund. Daraufhin beruhigte er sich.

Nachdem die Hierarchien geklärt waren, äußerte ich meinen Wunsch. Was danach geschah, zeigte einmal mehr die Vorzüglichkeit österreichischer Verwaltung, mitsamt dem ihr innewohnenden Wechselspiel von Ablage und Dynamik. Weibel gab dem Portier den Schlüssel, der ihn wie ein Staffelholz nahm und aus dem Zimmer lief. Wenig später hatte ich die Personalakte am Tisch.

„Wollen Sie vielleicht auch das nationalsozialistische Lehrerführungszeugnis?“, fragte Weibel.

„Das haben Sie?“

Er sah mich treuherzig an. „Bei uns kommt nichts weg. Bei uns ist noch nie etwas weggekommen. Seit den Tagen Metternichs wird alles aufgehoben.“

„Dann bitte auch das Lehrerführungszeugnis.“ Weibel machte eine Handbewegung. Der Portier rannte los.

„Außerdem möchte ich wissen, seit wann er in Pension ist, wie hoch seine Bezüge sind, wo er wohnt. Falls er gestorben sein sollte, möchte ich wissen, wo er begraben liegt.“

„Hauptverband der Sozialversicherungsträger, Meldeamt, gegebenenfalls Städtische Bestattung“, memorierte Weibel.

Ich schlug die Akte auf. Hämmerlein war Jahrgang achtzehnhundertneunundachtzig. Ein ausgezeichneter Jahrgang, hatte Rupert gesagt. Er stammte aus der Provinz. Von seinem Geburtsort, Bruchleithen, hatte ich noch nie gehört. Schon sein Vater war Lehrer gewesen, später Leiter der dortigen Volksschule. Es erstaunte mich, seine ehrenamtlichen Tätigkeiten bei der Chorvereinigung *Frohsinn* und im *Deutschen Schulverein* in der Personalakte des Sohnes zu finden. Gott konnte schwerlich über genauere Informationen verfügen. Hämmerlein war in die väterlichen Fußstapfen getreten, er hatte die Lehrerbildungsanstalt besucht. Ich hätte gern gewusst, ob aus Neigung, Zwang oder Fantasielosigkeit. Der Erste Weltkrieg brachte etwas Abwechslung in sein Provinzdasein. Neunzehnhundertfünfzehn wurde er eingezogen und diente in den Kriegsjahren als Flügelhornspieler bei wechselnden Regimentskapellen. Nach dem

Zusammenbruch der Monarchie suchte er um Versetzung nach Wien an. Dem wurde stattgegeben. Dann klaffte eine Lücke, die, so meine Vermutung, der vollkommenen Ereignislosigkeit in Hämmerleins Leben geschuldet war. Neunzehnhundertachtundzwanzig eine Belobigung des Stadtschulrates, weil er bei den Feierlichkeiten zu Schuberts hundertjährigem Todestag einen hundertköpfigen Kinderchor dirigiert hatte. Unmittelbar darauf eine Missbilligung der Behörde – die Auseinandersetzung mit dem Schubertbund war aktenkundig geworden. Dem war die Kopie eines Schreibens der Vereinspolizei beigeheftet. Sie betraf Hämmerleins Einreichung zur Gründung seines eigenen Schubertvereins. Ich überflog die Statuten. *Ziel und Zweck des Vereins ist es, die Wahrheit über Schuberts Leben mit allen Mitteln zu verbreiten.*

Die Vereinspolizei hatte abschlägig beschieden; Hämmerlein dagegen berufen, bis alle Rechtsmittel erschöpft waren. Dies hatte sich über Jahre hingezogen und ihm weitere Missbilligungen des Stadtschulrates eingebracht. Seine weitere Laufbahn verlief unspektakulär. Krieg und Nachkriegszeit schien er unbeschadet überstanden zu haben. Neunzehnhundertvierundfünfzig hatte man Hämmerlein mit dem Amtstitel Oberlehrer in den Ruhestand verabschiedet. Er war ledig, römisch-katholisch, und ich war, als ich die Mappe zuklappte, ein wenig enttäuscht. Vielleicht war die Nazizeit ergiebiger.

„Wo bleibt die andere Akte?“, fragte ich ungeduldig.

Weibel versicherte, dass der Teufel nicht eifriger hinter einer Seele her sein könne als der Portier hinter der Akte. „Dem geht der Reis“, sagte er.

„Wie bitte?"

„Der hat Angst", übersetzte er, „den hab ich noch nie so gesehen. Der hat wirklich Angst."

In diesem Augenblick stürmte der Portier ins Zimmer. Er legte das Führungszeugnis auf den Tisch, trat zwei Schritte zurück und verharrte in steifer Haltung. Er war schweißbedeckt. Ich ließ ihn stehen.

Das Dokument mit dem Hakenkreuz konnte meine Stimmung nicht wesentlich heben. Hämmerlein hatte sich im Jahr neunzehnhundertachtunddreißig um die Stelle eines Volksschuldirektors beworben. Dabei war von ihm geltend gemacht worden, dass er seit Jahrzehnten im Schuldienst stehe und Parteianwärter der NSDAP sei. Wobei er mit Unterstreichungen betonte, dass er bereits zuvor mit den Ideen des Nationalsozialistischen Lehrerbundes sympathisiert habe. Auch sei er wegen seiner völkischen Gesinnung und seines Kampfes um das deutsche Volkslied wiederholt Opfer politischer Verfolgung gewesen.

Die Bewerbung war abschlägig beschieden worden. In der Begründung hieß es, dass Hämmerlein für eine leitende Stelle nicht infrage komme. Er sei keine Führungspersönlichkeit. Hämmerlein erhob Einspruch. Dem wurde nicht stattgegeben. Kurz vor der Kapitulation der deutschen Wehrmacht in Stalingrad suchte der zum Parteigenossen Avancierte um Mittel zur Aufführung der *Winterreise* an. Er erhielt sie. Angeheftet fand sich ein lobender, im Völkischen Kunstbeobachter abgedruckter Vierzeiler. Im Herbst neunzehnhundertdreiundvierzig, etwa zu der Zeit, als die Alliierten in Italien landeten, hielt er einen mit *Der klingende Born. Schubert – eine deutsche Volkserscheinung* übertitelten Vortrag. Die für das Folgejahr geplante Schubertiade fiel den Maßnahmen zur totalen Kriegsführung zum Opfer. Man vertröstete Hämmerlein auf die Zeit nach dem Endsieg. Der veranstaltete daraufhin einen ausschließlich von Kindern bestrittenen Liederabend, der unter dem Motto *Sieg oder Sibirien* stand. Ob er dafür eine Belobigung erhielt, ging nicht hervor, der Akt endete mit dieser Notiz.

Das also war der Lebenslauf Hämmerleins. Es erfüllte mich mit Trauer, dass meine eigene Existenz von einer so mittelmäßigen, ja jämmerlichen Figur auf Jahrzehnte verdunkelt worden war.

Der Trauer folgte die Wut. Ich war kurz davor, loszubrüllen, als Weibel sagte, dass er jetzt die gewünschten Auskünfte beisammenhabe. Der Ruhegenuss Hämmerleins bewegte sich im üblichen Rahmen der Verwendungsgruppe Oberlehrer. Beim Meldeamt habe er niemanden mehr erreicht, aber da die Pension auf ein Konto der Postsparkasse Bruchleithen überwiesen werde, sei anzunehmen, dass er dort lebe. Im Allgemeinen würde die Pension auch dort verzehrt, wo sie behoben würde. Ob ich sonst noch einen Wunsch habe? Ich trug ihm auf, mir die Akten zu kopieren, und fragte nach einem Telefon.

Paula nahm nach dem ersten Klingeln ab. Ich grüßte und suchte nach passenden Worten. Sie enthob mich der Mühe.

„Wird die Reise nach St. Achatz am Walde, Bruchleithen oder Hernals gehen?“

„Wieso wissen Sie das?"

„Ich habe mich beim Meldeamt erkundigt. Hämmerlein ist kein sonderlich häufiger Name."

„Bruchleithen."

„Sie klingen betrübt, Titus. Ist es schlimm gewesen?"

Ich erzählte von meiner Verstimmung wegen der Banalität Hämmerleins.

Paula schnaubte. „Ich bitte Sie! Der Mann ist Volksschullehrer! Was haben Sie sich erwartet? Einen Mephisto?" Ich schwieg. „Ich sage Ihnen, Sie haben überhaupt keinen Grund, niedergeschlagen zu sein. Es gibt auf der Welt wenig, was an Brutalität einem Provinzlehrer auch nur nahekommt. Ich kenne diesen Menschenschlag. Zu schwach für die Landwirtschaft, zu dumm für ein Theologiestudium. Folglich werden sie Schulmeister. Der Schulmeister gilt wenig bis nichts. Seine Existenz ist fast immer zwischen Geringschätzung und Verachtung angesiedelt. Das ist die Regel. Natürlich baut sich in diesen Menschen eine entsetzliche Frustration auf. Eine Frustration, die sie dann an den Kindern auslassen. Der Provinzlehrer hat ja nur dann eine leichte Hand, wenn es ans Schlagen geht. Virtuosen des Rohrstabes allesamt. Das können Sie mir glauben. Ich komme vom Land. Titus? Sind Sie noch am Apparat?"

„Ja. Das, was Sie eben gesagt haben, klingt sehr tröstlich."

„Das freut mich. Wie geht es weiter?"

„Ich weiß nicht. Ich fühle mich ... ich kann Ihnen nicht einmal sagen, wie ich mich fühle."

„Sie hatten einen langen Tag. Sie haben viel erreicht. Sind Sie noch im Stadtschulrat?“ – „Ja.“

„Sehen Sie zu, dass Sie wegkommen. Das ist kein guter Ort.“

„Für mich ist ganz Wien kein guter Ort!“, brüllte ich in den Hörer.

Dem noch immer habt acht stehenden Portier brach der Schweiß aus. Weibel, mit den kopierten Akten im Arm, blieb stehen. Es entstand eine Pause. Nach einer ganzen Weile, in der Weibel, der Portier und ich in einer Art Tableau vivant des Unbehagens eingefroren waren, sagte Paula: „Wissen Sie, ich bin seit geraumer Zeit bei den Herrschaften. Die sind schon im März neunzehnachtunddreißig nach England. Es hat schnell gehen müssen, sie waren auf einer Liste vom Reichssicherheitshauptamt. Ich bin natürlich mit. Neunzehnhundertsechsundvierzig sind wir nach Wien zurück. Die Stadt hat entsetzlich ausgeschaut. Die meisten haben immer noch geglaubt, dass der Nationalsozialismus an sich eine gute Idee gewesen ist. Nur schlecht umgesetzt. Auch deshalb sind wir zurück. Es war wichtig, die Stadt nicht den Nazis zu überlassen.“

„Das ist doch lächerlich! Zwölf Jahre später ist hier immer noch alles voller Nazis! Die ganze Stadt ist doch ein einziges Nazinest!“ Der Portier zuckte. Weibel desgleichen.

„Das wird die Erika traurig stimmen. Sie hat Ihnen einen Brief geschrieben. Ziemlich dick. Das ist erstaunlich – die Erika ist keine, die gern schreibt.“

Ich stammelte Unverständliches.

„Ich habe nicht genau verstanden, was Sie gerade gesagt haben, aber ich nehme an, Sie wollen ihn lesen."

„Natürlich!", schrie ich.

„Gut. Vorher gehen Sie noch zum Fremdenverkehrsamt. Besorgen Sie sich Unterlagen über dieses Bruchleithen. Wo es liegt, wie man hinkommt. Das ist vermutlich gar nicht so einfach. Bruchleithen hat nicht den Beiklang von Ferienidyll."

*

Bruchleithen? Der Herr vom Fremdenverkehrsamt war überrascht. Der Ort sei ihm noch nicht untergekommen. Er habe schon bei vielen Anfragen behilflich sein können, aber nach Bruchleithen habe noch keiner gefragt. Ob ich mir sicher sei, wirklich dorthin zu wollen? Ich nickte. Er begann zu suchen.

„So, da hätten wir Ihr Reiseziel." Er vertiefte sich in die Unterlagen.

„Kein Wunder, dass noch keiner danach gefragt hat. Liegt in einer schwer geprüften Gegend. Zehn Jahre von den Russen besetzt. Sie können sich ja vorstellen, wie es dort aussieht. Sagen Sie, was zieht Sie in eine Gegend, in der weder Sehenswürdigkeiten noch zeitgemäße Unterkünfte zu finden sind?"

„Ich bin davon ausgegangen, zielführende Auskünfte erteilt zu bekommen. Keine Belehrungen."

„Natürlich, natürlich", wiegelte er ab. Er habe ja nur gemeint. Wo sich Bruchleithen doch an der Grenze befinde, unmittelbar am Eisernen Vorhang. Sozusagen im Niemandsland. Aber er fahre ja nicht hin. Und letztlich lasse sich überall studieren, wie das österreichische Volk lebt und arbeitet, wie es trotz schwerster Schicksalsschläge gelungen ist, aus dieser Republik ein blühendes Gemeinwesen zu schaffen. Der letzte Satz klang einstudiert. Er wünschte eine gute Reise.

„Und wie komme ich hin?“, fragte ich.

„Sie sind kein Automobilist?“

„So könnte man sagen.“

„Das sollte kein Problem sein. Dank des engmaschigen Postautodienstes sind auch Orte wie Bruchleithen leicht zu erreichen. Verhältnismäßig.“

„Geht es vielleicht etwas präziser?“

„Gewiss, mein Herr. Ich suche Ihnen die Verbindungen heraus. Wenn der Herr so lange dort drüben Platz nehmen möchte. Vielleicht findet der Herr in den aufliegenden Prospekten eine Anregung für seine nächste Reise durch unser Land.“

„Ich glaube kaum, dass es dazu kommen wird.“

„Das könne er sich nach dem Besuch eines Ortes wie Bruchleithen gut vorstellen“, murmelte er.

„Sagten Sie etwas?“

„Nein, mein Herr.“

„Gut. Schauen Sie auch nach Unterkünften.“

„Wie Sie wünschen.“

„Ich blieb stehen und beobachtete, wie er mit nassem Zeigefinger in abgegriffenen Fahrplänen blätterte. Nachdem die Abfahrts- und Ankunftszeiten notiert waren, wandte er sich dem Verzeichnis der Beherbergungsbetriebe zu.

„Oh“, sagte er, „das sieht noch schlimmer aus als befürchtet.“

„Was?“, fragte ich.

„Es gibt nur einen einzigen Gasthof. Zur Flucht nach Ägypten.“

„Buchen Sie mir ein Zimmer.“

„Das ist schwierig. Die Flucht hat kein Telefon. Aber Sie können unbesorgt sein; Sie werden ein Zimmer bekommen. Mit Sicherheit. Übrigens, ich muss mich korrigieren. Bruchleithen ist mir doch schon untergekommen. Sagt Ihnen der Name Alfred Engleder etwas?“

„Sie meinen den Frauenmörder? Die Bestie von Steyr?“

„Er sagt Ihnen etwas. Er wurde letztes Jahr auf seiner Flucht in die Tschechei gestellt. In einem Moor. Bei Bruchleithen.“

Ich ging in großer Hast zur Wohnung zurück, die ich verwaist vorfand. Meine Wäsche lag gewaschen und gebügelt auf der Tagesdecke des Bettes. Auf dem Hemdenstapel lag der Brief. Ich zögerte, ihn an mich zu nehmen. Die Wohnungstür wurde aufgesperrt.

„Titus? Sind Sie hier?“

„Ja, Paula.“

„Ich habe mir erlaubt, Ihre Wäsche in Ordnung zu bringen.“

„Danke, Paula.“

„Ich weiß nicht, ob es Ihnen aufgefallen ist, aber ich habe dieses Kunststoffzeug weggegeben und Ihnen Hemden aus Baumwolle besorgt. Nylon kann man nicht anziehen.“

„Das ist sehr aufmerksam von Ihnen. Vielen Dank."

„Sie wissen, wie man nach Bruchleithen kommt? Hat man Ihnen beim Fremdenverkehrsamt die gewünschten Auskünfte geben können?"

„Ja, Paula. Danke für den Hinweis."

„Ich nehme an, Sie reisen morgen Früh?"

„Der Zug geht um zehn."

„Titus?"

„Ja, Paula?"

„Muss man Ihnen denn alles aus der Nase ziehen? Was gibt es für Neuigkeiten aus Brüssel?"

„Ich weiß es nicht. Ich habe den Brief noch nicht geöffnet."

„Sie sind ja ganz konfus. Passen Sie auf, Sie essen mir jetzt erst einmal etwas. Hören Sie, Titus?"

„Ja, Paula."

Bruchleithen

Tags darauf schüttete es. Paula meinte, dass es vernünftiger wäre, die Abreise zu verschieben. Ich wollte davon nichts hören. Als ich den Bahnhof erreichte, war ich vollkommen durchnässt. Der Zug war überfüllt. Es war erstaunlich, wie viele Menschen in der Provinz zu tun hatten. Der Schaffner, den ich nach der ersten Klasse fragte, hatte Mühe, ein Grinsen zu unterdrücken. Ob das heiße, dass ich jetzt stehen müsse, fragte ich gereizt. Das sei der tiefere Sinn von Reservierungen, antwortete er. Er wünsche eine angenehme Reise. Ich verbrachte eine Stunde am Gang. Zu sitzen kam ich erst im Wartesaal des Bahnknotenpunktes. Zwar hätte der Aufenthalt bis zur Abfahrt des Anschlusszuges nur wenige Minuten betragen sollen, doch war etwas Unvorhergesehenes geschehen. Das Bahnhofspersonal hielt sich bedeckt. Einer der Fahrgäste behauptete, die Gleise seien blockiert. Bald kursierten die aberwitzigsten Spekulationen; von entwurzelten Bäumen über Erdrutsche bis zum Selbstmord aus zurückgewiesener Liebe. Mir war kalt und langweilig. Ich wollte etwas zu lesen zu kaufen, aber es gab keinen Zeitschriftenstand. Ein Herr von der Bahn verkündete, es werde an der Behebung der

Störung gearbeitet. Jemand erkundigte sich, wie lange dies dauern würde. Das könne er nicht sagen, doch sei man bemüht, die Störung so rasch wie möglich zu beheben. Mir fiel ein, dass ich aller Voraussicht nach den Bus versäumen würde. Ich sagte, dass ich nach Bruchleithen müsse. Ob der Postbus warten würde? Der Herr von der Bahn starrte mich an, als wäre ich ein flüchtiger Mörder. Das Gros der Wartenden tat es ihm gleich.

Der in einem hässlichen Gelb lackierte Bus hatte gewartet. Ich verlangte eine Fahrkarte nach Bruchleithen. Der Fahrer reichte sie mir mit den Worten: „Einmal Endstation.“ Der Bus war kaum besetzt. Vor mir saßen zwei alte Frauen, die sich das Maul über eine Verstorbene zerrissen. Während sie die Perlen ihrer Rosenkränze befingerten, tauschten sie sich über die Dahingeschiedene, eine gewisse Elisabeth, aus. Die sei elendiglich zugrunde gegangen, geschrien habe sie meiner Seel’ meiner Seel’. Mehr als vier Gegrüßet seist du Maria habe es niemand an ihrem Sterbelager ausgehalten. Nicht einmal die Veronika, und die wäre immerhin Prätorianer bei der Legio Mariae. Dem schlimmsten Feind würde man so einen Tod nicht wünschen. Wenngleich es bei der Elisabeth niemanden verwundert habe. Am Karfreitag bunte Kopftücher aufsetzen und lieber ins Kino statt in die Messe. Geraucht habe sie auch. Das Luder.

Mich fröstelte. Die Straße wurde zusehends schlechter, die Landschaft immer abweisender. Auch verstärkte es mein Unbehagen, dass bei jedem Halt jemand aus-, aber niemand einstieg. Schließlich war ich der Letzte. Der Fahrer hatte ein Transistorradio am Schoß, aus dem es meist rauschte. Dazwischen einige Takte Volksmusik. Ich fragte, ob es noch weit wäre. Er schaltete das Radio ab, ehe er antwortete. Ich ermunterte ihn, es wieder aufzudrehen, es würde mich nicht stören. Er sagte, das sei nicht der Grund, er lasse sich das Radiohören von niemandem verbieten. Aber ab hier gebe es keinen Empfang mehr. Gleich seien wir da.

Die Haltestelle befand sich beim Friedhof, etwas außerhalb des Ortes. Ich stieg aus. Der Fahrer angelte meinen Koffer aus dem Gepäckraum. Ich fragte, wann der nächste Bus retour gehe. „Jetzt", sagte er. Der übernächste dann morgen. Immer vorausgesetzt, dass die Straße nicht blockiert sei. Die genauen Abfahrtszeiten wären angeschlagen.

Ich wollte nach dem Koffer greifen. Er stellte sich dazwischen.

„Der Gepäckschein."

„Das ist doch nicht Ihr Ernst."

„Ohne Gepäckschein kann ich Ihnen den Koffer nicht geben."

„Sehen Sie sonst noch jemanden, dem er gehören könnte?"

„Ich habe Vorschriften."

„Wenn Sie darauf bestehen." Ich fischte den Schein aus der Tasche. Der Fahrer faltete ihn auseinander. In der Mitte klebte ein Kaugummi. Er sah mich zornig an, sprang in den Bus, fuhr davon. Ich sah nach dem Fahrplan. Er war heruntergerissen. Ich kämpfte gegen das aufsteigende Gefühl der Beklemmung, stemmte mich gegen eine Bö und machte mich auf den Weg.

Das Dorf machte einen verlassenen Eindruck. Obwohl niemand zu sehen war, war ich sicher, beobachtet zu werden. Ich erreichte den Gasthof, zerrte an der Tür. Es dauerte eine Weile, bis ich begriff, dass sie nach innen aufging. Der Gastraum war leer. Es roch nach billigem Tabak und altem Fett. Von der niedrigen Decke hingen Fliegenfänger. Sie waren gut besetzt. Ich stellte meinen Koffer ab, hängte den Mantel an die Garderobe. Der Wandschmuck war karg. Ein Kruzifix, ein Schild mit der Aufschrift: *Trinket burgenländische Weine! Sie sind alkoholreich, mild und blumig!*

Während ich noch las, drang eine Stimme an mein Ohr. „Was wollen Sie?“ Sie klang unfreundlich. Ich drehte mich um, sah eine vierschrötige Wirtsfigur.

„Ein Zimmer“, sagte ich.

„Ein Zimmer? Für wie lange?“

Das stehe noch nicht fest. Er kratzte sich am Kopf. Da müsse er erst Rücksprache halten. Er verschwand, kam kurz darauf mit seiner Frau zurück, die sich die Hände in einer unsauberen Schürze rieb. Sie wurste gerade, meinte sie entschuldigend, aber das mit dem Zimmer gehe schon in Ordnung. Es müsse allerdings erst gerichtet werden, wer rechne schon mit Gästen in dieser Jahreszeit, und jetzt brauche sie erst einmal alle Hände in der Küche. Sie fragte, ob ich geschäftlich in Bruchleithen zu tun habe.

„Im weitesten Sinne ja.“

Dann wolle sie mich recht herzlich willkommen heißen. Sie streckte mir ihre Hand entgegen. Ich sah auf die darauf klebenden Reste von Brät, überwand mich und schüttelte sie. Bis das Zimmer gerichtet sei, könne ich doch in der Gaststube etwas trinken. Oder einen Rundgang durch das Dorf machen. Besser nicht zu weit hinter der Kirche, denn dort befände sich das Moor, das man nicht unterschätzen solle. Da seien schon einige verschwunden. Der Mann hole noch das Formular, damit alles seine Richtigkeit habe. Und heute Abend gebe es frische Wurst. Der Wirt brachte das Fremdenmeldeblatt. Während ich das Formular ausfüllte, sah er mir kommentierend über die Schulter. „Fotograf!“, sagte er und „Engländer! Allerhand – das hatten wir noch nicht. Da sollten wir ein Glas darauf trinken.“

Die Vorstellung, unbestimmte Zeit in Gesellschaft des Wirtes unter den Fliegenfängern zu sitzen, war mir unangenehm. Ich vertröstete ihn auf später, begab mich auf einen Erkundungsgang durch das Dorf. Ab und zu zog ein Schatten vorbei. Die weiblichen trugen Kopftücher. Ich begab mich zur Post, legte meine Briefe, die ich gestern Abend noch geschrieben hatte, auf die Theke. Der Postbeamte studierte die Adressaten länger als nötig.

„Ins Ausland“, sagte er. „Belgien. England.“ Die Worte klangen sehnsüchtig. Er kontrollierte die Absender. Wie laute der Name? Der Name sei nicht zu entziffern. Ich erklärte, vollstes Vertrauen in die Tüchtigkeit der Post zu haben. Was die österreichische betreffe, könne ich völlig unbesorgt sein, meinte er. Aber für die belgischen Kollegen würde er die Hand nicht ins Feuer legen. Der Belgier habe eine ganz andere Dienstauffassung. Er könne ein Lied davon singen, er sei im Zweiten

Weltkrieg dort gewesen, Feldpostamt Brüssel. Wie es mit den englischen Kollegen aussehe, wollte ich wissen. Das könne er nicht sagen. Bis England sei die Wehrmacht nicht gekommen. Man habe lediglich hinübergeschossen. Ob sich der Herr denn auch für postalische Angelegenheiten interessiere? Er habe leider nur selten Gelegenheit, sich darüber auszutauschen. Den Leuten hier fehle das Verständnis. Dabei …"

Ich fragte, was er für das Frankieren bekäme, zahlte und verließ das Postamt. Ich bereute es augenblicklich. Der Wind blies, ein feiner Regen hatte eingesetzt. Ich schlug den Mantelkragen hoch und ging los. Ab und zu wurde ein Vorhang zur Seite geschoben, der ein blasses Gesicht freigab. Am Ende des Ortes befand sich eine Gemischtwarenhandlung. Sie machte einen verlassenen Eindruck. Versuchsweise drückte ich die Klinke. Ein dünnes Bimmeln ertönte. Im Raum war es düster. Der Inhaber saß an der Kasse. Er schlief. Ich räusperte mich. Er hatte einen gesegneten Schlaf. Ich rief: „Die Russen!"

Er schrak hoch. „Wer? Was?"

„Hatten Sie einen schlechten Traum? Haben Sie geöffnet? Ich würde gerne einkaufen."

Er rieb sich die Augen, betätigte einen Schalter. Das Licht ging an. Mit ihm ein Kühlaggregat.

„Was kann ich für den Herrn tun?" Seine Hände waren ziemlich schmutzig. Ja nichts Offenes, dachte ich. Mein Blick fiel auf ein Schild. Es warb für eine Schokolade, die ich als Kind gerne gegessen hatte. Ich fragte danach. Er sah mich komisch an. Die gebe es schon lange nicht mehr. Seit, da müsse er nachdenken, er glaube, seit der Gruber-Berti gefallen ist. Er nahm mich in Augenschein.

„Der Herr ist lange nicht mehr hier in unserem Österreich gewesen? Der Herr ist auf der Durchreise?"

„Kann man von Bruchleithen denn irgendwohin reisen?"

„Eigentlich nicht."

„Dann verstehe ich Ihre Frage nicht." Ich erwarb einen Strick, eine Taschenlampe und Batterien. Die Taschenlampe hatte einen kyrillischen Aufdruck. Wovon lebt dieser Mensch?, dachte ich. Er missdeutete meinen fragenden Ausdruck. Ob ich mich nicht noch mit Proviant versehen wolle? Vielleicht etwas Obst? Er zeigte auf eine Steige verschrumpelter Äpfel. Ich schüttelte den Kopf. Oder Wurst? Er habe gerade ein Sonderangebot, wirklich gute Wurst.

„Machen Sie die Rechnung fertig." Er befeuchtete die stumpfe Spitze eines Bleistifts. Für einen Kaufmann rechnete er ziemlich langsam. Im Feinkosteck raschelte etwas. Ich griff in den Karton mit den Mausefallen.

„Vielleicht sollten Sie welche aufstellen?"

Der Kaufmann lächelte säuerlich. Beim Bezahlen stellte sich heraus, dass er nicht genügend Wechselgeld hatte.

„Dass es um das Eigenkapital des Einzelhandels in unserem Österreich so schlecht bestellt ist, hätte ich nicht gedacht", sagte ich.

Er bekam einen roten Kopf. Ich überlegte, was ich noch kaufen könnte, um das Jammerspiel abzukürzen.

„Führen Sie Taschenmesser?“

Er brachte eine staubige Schachtel. Ich wählte ein Fabrikat aus Solingen. Es war in Reichsmark ausgepreist. Nachdem ich die Gemischtwarenhandlung verlassen hatte, suchte ich die Kirche auf. Rechts neben dem Eingang befand sich der Schriftenstand. Er war mit Broschüren über einen stigmatisierten Kapuziner aus Süditalien, das Heilige Land und die Missionierung von Heidenkindern in Afrika bestückt. Die Auswahl verriet eine Sehnsucht nach Gegenden, in denen es warm und trocken war. Es gab auch ein Pfarrblatt, das sich klamm anfühlte. Beim Durchblättern stieß ich auf die Ankündigung einer Schubertmesse unter der Leitung von Oberlehrer Hämmerlein. Danach widmete ich mich einem an der Wand hängenden Schaukasten, in dem die gefallenen Helden der Gemeinde zu sehen waren. Die Fotos waren gewellt und stockfleckig.

„Suchen Sie jemand Bestimmten?“ Ich wandte mich nicht um.

„Ich suche einen Herrn Berti Gruber.“

„Sie sind mit ihm verwandt?“

„Nein.“

„Ein Kamerad aus dem Krieg?“

„Nein.“

„Ein in den Bereich der Seelsorge fallendes Problem?“

„Ein zufällig aufgeschnappter Name. Mehr nicht.“ Am Rande meines Gesichtsfelds wurde der Gummipuffer eines Stockes sichtbar. Er wies auf das Porträt eines bemüht kriegerisch dreinblickenden jungen Mannes mit Stahlhelm.

„Das ist er, der Gruber. Hat ihm nicht schnell genug gehen können, das Einrücken. Voll der Sorge, nicht mehr ins Feuer zu kommen. Ist dann in den Polesischen Sümpfen zugrunde gegangen. Hätte er hier billiger haben können. Der Trottel.“ Er lachte trocken. Der Mann war mir sympathisch. Ich drehte mich um.

*

Vom durchgesessenen Sofa des Studierzimmers aus beobachtete ich, wie der Pfarrer Früchte aus dem Rumtopf fischte. Er versicherte, dass diese ausgezeichnet zum Tee, den ich als Engländer zu dieser Stunde des Tages sicher zu trinken gewohnt sei, passen würden. Ich müsse ihm von England erzählen, dort habe er immer hinreisen wollen. Zu seinem Bedauern wäre es beim Wunsch geblieben. In seiner Zeit im Priesterseminar sei er sogar Mitglied eines Kreises gewesen, der es sich zum Ziel gesetzt habe, für Englands Rückkehr zum katholischen Glauben zu beten. Er wäre gerne in England tätig gewesen. Wenn schon Missionar, dann in einem zivilisierten Land mit den Annehmlichkeiten täglicher Wannenbäder sowie einer reizarmen Küche, die den Magen nicht verstimme. Ich bemerkte, dass der Schriftenstand auf andere Vorlieben schließen ließe. Ach der, der werde von einem Dekorationslakaien des Bischofs gestaltet. Viel Unsägliches darunter, das meiste werfe er sofort weg. Zurzeit habe man es mit den Stigmatisierten und den Negerkindern, er wisse auch nicht warum. Er schob mir einen Teller mit Rumobst zu. Ich kostete eine fahle Beere. Wider Erwarten schmeckte sie köstlich.

„Wie sind Sie nach Bruchleithen geraten?"

„Im Zuge einer Strafversetzung. Das war im Februar neunzehnhundertvierunddreißig. Und dann hat man auf mich vergessen."

„Sie hatten nie das Bedürfnis, sich zu verändern?"

„Anfangs ja. Aber ich stellte schnell fest, dass der Ort meinen Neigungen zupasskommt."

„Welchen Neigungen kann ein Ort wie Bruchleithen zupasskommen?"

„Das bedarf einer Erklärung. Sehen Sie, ich bin ein Mensch, der sich in erster Linie als Leser versteht. Die Lektüre nimmt einen großen Teil des Tages ein. Dann die Naturwissenschaft. Es hat ja eine gewisse priesterliche Tradition, sich die Zeit mit Botanik zu vertreiben. Mendels Erbsen. Bei mir sind es die Karnivoren. Im ersten Jahr meiner Verbannung machte ich einen Gang zu den Mooren. Dort wurde mir etwas zuteil, das eine Saite in mir angeschlagen hat, von der ich zuvor nichts wusste. Es kam einer Erweckung gleich: Die Wolken rissen auf und ich sah die strahlenförmig ausgerichteten …"

Es klopfte an der Tür.

„Was gibt es?!", rief er unwirsch.

„Herr Hämmerlein wünscht Sie zu sprechen, Hochwürden." Mir brach der Schweiß aus.

„Er kommt ungünstig. Richten Sie ihm aus, ich hätte Besuch aus England. Er soll später wiederkommen."

„Der Herr Oberlehrer sagt, es sei dringend. Es gehe um die Schubertmesse."

„Porzmoder?“
„Ja, Hochwürden?“
„Was sage ich Ihnen seit Jahr und Tag?“
„Sie sagen: Ich wiederhole mich nicht gerne.“
„So ist es, Porzmoder.“
„Sehr wohl, Hochwürden.“
„Das war der Mesner. Etwas einfältig. Aber sonst ein braver Mann. Sagen Sie: Ist Ihnen nicht gut? Sie wirken blass. Es ist doch nicht etwa das Obst? Unterschätzen Sie es nicht, der Rum hat achtzig Prozent. Zurück zum Jahr vierunddreißig: Die Wolken reißen auf und ein Lichtstrahl fängt sich in den glitzernden Tropfen auf den roten Tentakeln von *Drosera rotundifolia*. Im Rundblättrigen Sonnentau. Ein Bild ergreifender Schönheit. In diesem Moment gerät ein Schmetterling in den Fangschleim der Pflanze. *Coenonympha pamphilus*, das Kleine Wiesenvögelchen. Ein Tagfalter, Sie kennen ihn vielleicht. Entzückende Kreatur, zwischen Ocker und Orange wechselnde, grau eingefasste Flügel. Ich habe davor gekniet, bis sich die Tentakeln vollständig um das Tier geschlossen hatten.“ Über die Züge des Pfarrers legte sich ein verzückter Ausdruck.
„Sie veranstalten eine Schubertmesse?“
„Ein Gottesbeweis. Der Sonnentau hat ganz wesentlich zur Wiedererlangung meines seelischen Gleichgewichts beigetragen.“ Er biss in eine Erdbeere.
Ich versuchte erneut, die Schubertmesse zur Sprache zu bringen. Er schien nicht zu hören.
„Der Sonnentau hat viele Beinamen. Man kennt ihn auch als Herrgottslöffel. Ein Landsmann von Ihnen,

Charles Darwin, hat über ihn geschrieben. Ich habe die deutschsprachige Erstausgabe in meiner Bibliothek, falls es Sie interessiert. Noch immer ein maßgebliches Werk. Aber eine eigene Monografie über den Sonnentau, die steht noch aus. Daran arbeite ich. Sie zum Abschluss zu bringen, ist mein irdisches Ziel. Die Zeit rast dahin, tempus edax rerum, die gefräßige Zeit. Die Abende sind dem leidigen Briefeschreiben gewidmet. Ich bin korrespondierendes Mitglied mehrerer Akademien. Natürlich kann man mir den Vorwurf machen, dass dies zulasten der Gemeinde geht. Doch sage ich Ihnen etwas: Bruchleithen ist das geografische Äquivalent des Sakraments der Buße. Wer hier lebt, hat ein Anrecht auf die göttliche Gnade und damit auf das Himmelsreich. Das erschließt sich auch ohne Theologiestudium. Die Gegend ist dem Christentum gegenüber immer resistent geblieben. Hier leben Reste kelto-germanischer, von den Segnungen der Zivilisation weitgehend unberührte Stämme. Halbwilde Sumpfbewohner. Das Gotteshaus, dem ich vorstehe, ist nichts anderes als der Versuch, den hier praktizierten Nerthus-Kult vergessen zu machen. Eine Göttin, der zu Ehren man Menschen geopfert hat. Ich möchte nicht wissen, wie viele Moorleichen sich noch im Umkreis der Kirche befinden. Und ich sage Ihnen noch etwas ..." Es klopfte.

„Was ist denn jetzt schon wieder?!"

„Es ist wegen dem Herrn Oberlehrer, Hochwürden. Er ist sehr aufgebracht. Er sagt, er werde sich beim Bischof beschweren."

„Ja und? Das ist ja nichts Neues. Das kündigt er seit Jahren an. Leere Drohungen. Was soll der Bischof denn machen? Eine Strafversetzung aussprechen? Wohin denn? Als ob es nach Bruchleithen noch nach unten gehen könnte. Das ist doch vollkommen lächerlich. Mich wegen solch einer Lappalie zu belästigen – Porzmoder! Wo ich doch Besuch aus England habe."

„Herr Hämmerlein sagt, er wünsche eine Aussprache, ehe er zum Bischof fährt. Er fragt, ob es Hochwürden morgen um vierzehn Uhr recht wäre."

„So weit kommt es, dass diese Bierhausgestalt Termine bestimmt. Ich erwarte ihn um achtzehn Uhr. Richten Sie ihm aus, dass ich ihm eine halbe Stunde einräume. Keine Minute länger. Und jetzt will ich von dieser Sache nichts mehr hören."

„Ganz wie Hochwürden wünschen." Man vernahm das Geräusch sich entfernender Schritte.

„Sprechen Sie mit Ihrem Mesner immer durch die geschlossene Tür?"

„Meistens. Die Grenzen müssen schließlich gewahrt bleiben." Er spießte ein Stück Pfirsich auf die Gabel. „Sie wollten etwas ganz anderes wissen. Schubert. Sie interessieren sich für diese elende Messe?"

„Haben Sie etwas gegen Schubert?"

„Nicht direkt. Es gibt einen Satz von ihm, der mir aus der Seele gesprochen ist: *Beneidenswerter Nero! Der du so stark warst, bei Saitenspiel und Gesang ekles Volk zu verderben.* Eine große Aussage. Komponieren hätte er von mir aus nicht müssen. Wenn ich das Bedürfnis nach Musik habe, setze ich mich an die Orgel und spiele Bach."

„Dieser Herr, was war er gleich, Oberlehrer …"

„Hämmerlein. Ein alter Nazi, ein dummer Mensch, keine Ahnung von Musik. Verbreitet verschrobene Theorien über Schubert und fällt jedermann lästig."

„Er war hier als Lehrer tätig?"

„Soweit ich weiß, stammt er aus Bruchleithen und ist nach seiner Pensionierung wieder hierhergezogen. Wenn man den Mangel an geistigem Austausch nicht scheut, hat das Land ja auch seine Vorteile. Es lebt sich billiger. Und dann stellt ein pensionierter Oberlehrer hier noch etwas dar. Vergleichsweise." Er angelte nach einer Frucht. „Was machen Sie eigentlich hier?"

„Ich bin Fotograf."

„Und welches Motiv treibt einen englischen Fotografen nach Bruchleithen?"

„Ich reise im Auftrag der Union Britischer Ornithologen. Sie gibt einen Vogelatlas heraus. Es gibt noch eine Vielzahl weißer Flecken; die Feuchtgebiete Mitteleuropas sind eine einzige Terra incognita. Ich wurde beauftragt, die hier ansässige Vogelwelt festzuhalten."

„Sie haben ornithologische Interessen?"

„Nicht im Geringsten. Aber man muss von etwas leben." Der Pfarrer seufzte.

„Die Moderne nötigt dem Menschen Dinge ab, die die Kirche niemals von ihm verlangt hätte. Aber sagen Sie: Wie kommt es, dass Sie ein so hervorragendes Deutsch sprechen?"

„Meine Mutter war Wienerin."

„Ach ja. Das erklärt es. Mein Vorgänger hat Vogeleier gesammelt. Vielleicht wollen Sie einen Blick darauf werfen?"

„Wenn ich ehrlich sein darf: nein." Wir schieden mit einem herzlichen Händedruck.

*

Es war früher Abend, als ich zur Flucht zurückkehrte. In der Gaststube saßen ein Dutzend Hadesgestalten. Als ich eintrat, brachen die Gespräche ab. Der Wirt deutete auf mich: „Das ist Herr Strings aus England." Er klang wie ein Jahrmarktsausrufer in der Unterwelt. Die Hadesgestalten stierten mich an.

„Ich möchte den Schlüssel zum Zimmer."

„Ja, Sie müssen doch etwas essen!"

„Wenn ich etwas zu essen wünsche, werde ich es Ihnen sagen. Und jetzt zeigen Sie mir das Zimmer."

Wir stiegen über eine knarrende Holztreppe in den ersten Stock. Es würde schwierig sein, unbemerkt aus dem Haus zu kommen. Der Wirt machte mich mit der Örtlichkeit vertraut. Der Abort befinde sich am linken Ende des Flurs, das Bad am rechten. Und hier sei das Zimmer. Es war schlecht beleuchtet. Ob ich noch einen Wunsch habe? Ich sagte, dass ich nicht mehr vorgeführt zu werden wünsche wie gerade eben. Des Weiteren wünschte ich mehr Licht und Bier. Der Wirt stotterte Worte der Entschuldigung. Er entfernte sich unter Bücklingen.

Nach dem Bier hatte ich das Bedürfnis, noch etwas zu trinken. Ich nahm Ruperts Whiskyflasche aus dem Koffer und suchte ein Glas. Auf dem Waschtisch stand ein Zahnputzbecher, in dem ein eingetrocknetes Insekt klebte. Das Wasser im Krug hatte eine bräunliche Farbe. Ich trank aus der Flasche. Mit dem Bier hatte der Wirt einen Kandelaber gebracht. Seine Kerzen warfen ein diffuses Licht. Über dem Bett hing ein Öldruck. Er zeigte die Heilige Familie auf der Flucht nach Ägypten. Es war ein kitschiges Bild, und ich musste daran denken, dass das Wort *Kitsch* eines der wenigen, vergleichsweise positiv besetzten deutschen Worte ist, die Eingang in das Englische gefunden haben. Ich dachte an all die Lehnwörter, die für mich und meine Familie relevant gewesen waren: *Berufsverbot*, *Blitzkrieg*, *Führer*, *Herrenvolk*, *Luftwaffe*. Ich dachte an meine Eltern und spürte ein würgendes Gefühl im Hals.

Mein Vater hat in Kolonnen marschierende Menschen nie ernst genommen. „Der arme Darwin", sagte er, wenn eine Formation vor unseren Fenstern vorbeizog, „hat sein ganzes Leben lang versucht, das *missing link* zwischen Affe und Mensch zu finden, und dabei die halbe Welt bereist. Dabei hätte er nur nach Wien kommen müssen. Hier wäre er auf Tausende gestoßen. Wenn meine Mutter dann zischte „Sei still, August, du bringst uns noch alle ins Unglück", zitierte er Hofmannsthal: „*Tobt der Pöbel in den Gassen, ei, mein Kind, so lass ihn schrei'n. Während sie uns Zeit noch lassen, wollen wir uns Schönerm weih'n.*"

Das war schön gesagt. Leider gab es zwischen meinen Eltern keine übereinstimmende Auffassung, was man unter dem Begriff *Schönerm* zu verstehen habe. Für meinen Vater war es der Zustand des Gehens in freier Natur. Eine Neigung, die weder meine Mutter noch ich teilten. Nur ungern erinnere mich an eine gemeinsam unternommene Wanderung. Wir waren in einer Almwirtschaft eingekehrt, der Senn brachte Milch in schmierigen Bechern. Mein Vater war begeistert. Mir grauste. Er wurde wütend, weil ich mich weigerte, die Milch zu trinken. Die Geschichte schaukelte sich auf. Er drohte mir. Nicht mit Ohrfeigen, das war seine Sache nicht. Er drohte mit einem einwöchigen Leseverbot. Ein solches wäre fatal gewesen. Selten habe ich etwas mit einem derartigen Widerwillen zu mir genommen wie diese Milch. Er hat mich nie wieder mitgenommen.

Das Lesen war von hoher Wichtigkeit, weil es in der Wohnung still zu sein hatte. Mein Vater war der Ansicht, dass man, wenn man den ganzen Tag dem Geräusch des Bohrers ausgesetzt ist, ein Anrecht auf Ruhe habe. Erfreulicherweise war er an den Wochenenden meist unterwegs. Ich sage es nicht gerne, aber es war immer ein großes Aufatmen, wenn er den Rucksack umhängte und aus der Tür ging. War das Wetter zu schlecht, konnte man davon ausgehen, dass sich die zwischen meinen Eltern latent vorherrschenden atmosphärischen Störungen in heftigen Streitereien entluden.

Adele, meine Mutter, war der Antipode zum Vater. Sie war gerne in der Oper, im Theater, besuchte Konzerte, Teegesellschaften und Bridgerunden. Zu Hause litt sie nicht selten unter Anfällen von Migräne. Es war eine Verbindung, die nicht funktionieren konnte. Mir ist bis zum heutigen Tag schleierhaft, warum sich die beiden nie getrennt haben.

Das Mysterium der Beziehung mit meinem Vater hat sie mir in einem ihrer letzten Briefe enthüllt. Sie schrieb, dass die Ursache in einer von ihren Eltern arrangierten Ehe gelegen habe. Sie war als Gattin für den Sohn des väterlichen Kompagnons vorgesehen gewesen. Einen grässlichen Menschen mit geringen geistigen Fähigkeiten. Er hat Erwin geheißen, Erwin Gautsch. Gegen Ende der Verlobungszeit, die sie als bleiern bezeichnete, besuchten die beiden eine Aufführung von La clemenza di Tito. In der Pause gingen sie in das Staatsopernbuffet, wo sich der Verlobte um eine Erfrischung anstellte. Währenddessen wurde sie von einem Mann angesprochen. Er entschuldigte sich, da er auf den Saum ihres Kleides gestiegen war. Sie versicherte, dass nichts geschehen sei. Der Mann erklärte, er bestehe darauf, für die chemische Reinigung aufzukommen. Er gab ihr seine Karte. Nun müsse er aber schleunigst zurück, seine Mama werde sich fragen, wo er so lange bleibe.

Meine Mutter wertete den Vorfall als Zeichen des Erbarmens einer höheren Macht. Sie sei eben noch ein dummes, unerfahrenes Ding gewesen. Dabei hätte es sie misstrauisch machen müssen, dass er nachsehen musste, als sie fragte, wo er saß. Tags darauf klagte sie über Zahnschmerzen und dass sie nicht zum Dr. Bratt wolle, zu dem die Familie sonst ging, sondern zu einem anderen, den ihr eine Freundin empfohlen habe. Dagegen war nichts einzuwenden. Und so ist das angeblich „dumme, unerfahrene Ding" bei meinem Vater erschienen. Der hat ihr gleich einmal in den Mund geschaut und ihr Gebiss gelobt. In Wien, hat er gemeint, sehe man so etwas nur selten. Gott sei Dank, denn wenn alle ein Zahnmaterial hätten wie das Fräulein Patera, wäre er arbeitslos. Makellos, wie die Perlen ihres Colliers. Wieso das Fräulein Perlen trage? Perlen bedeuten Tränen. Ob das Fräulein unglücklich sei? Meine Mutter ist dahingeschmolzen. Sie wusste nicht, dass es das größte Kompliment gewesen ist, das sie jemals von ihm zu hören bekommen wird. Als er sich über sie beugte und küsste, schlang sie die Arme um ihn. Noch im Behandlungsstuhl sitzend hat sie ihn gefragt, ob er an das Schicksal glaube. Das tat er als eingefleischter Positivist mit Sicherheit nicht. Doch war sie einundzwanzig, appetitlich anzusehen und das einzige Kind der Familie Patera. Die Firma Gautsch und Patera wiederum war nicht ganz unbekannt, und mein Vater, der damals gesellschaftliche Ambitionen gehabt haben dürfte, brauchte keine lange Bedenkzeit. Er fragte, wann die Eltern abends gemeinsam anzutreffen wären, erfuhr, dass dies in zwei Tagen der Fall sein würde, und schärfte ihr ein, Stillschweigen zu bewahren. Er werde die Sache schon regeln. Zu Hause verkündete meine Mutter, es sei eine Wurzelgeschichte, die weitere Behandlungen nach sich ziehen werde. Ihre Mutter seufzte wegen des armen Kindes, das arme Kind wurde rot. An den beiden folgenden Tagen fuhr sie in die Praxis, um den künftigen Gatten zu herzen, zu küssen und zu instruieren.

Der Prinz traf zur angegebenen Stunde ein. Er überreichte dem Dienstmädchen seine Karte und verlangte die Herrschaften zu sprechen. Die saßen mit der Tochter und dem künftigen Schwiegersohn im Salon und spielten Bridge. Man war indigniert, als der unbekannte Herr gemeldet wurde. Dann polterte mein Vater in das Zimmer. Er bedauerte, die Herrschaften stören zu müssen, aber die Sache dulde keinen Aufschub. Er bitte um die Hand ihrer Tochter. Der Satz löste bei den Eltern blankes Entsetzen aus. Erstmalig in ihrem Leben sah Adele ihren Vater nach Worten ringen. Er erhob sich und erklärte, dass er zu dieser Verbindung niemals seine Zustimmung geben werde. Das sei sein letztes Wort. Es war ein Moment großer Bangigkeit für meine Mutter. Mein Vater ignorierte den künftigen Schwiegervater, wandte sich an den Verlobten und fragte, ob dieser die anstehende Satisfaktion lieber mit Säbel oder Pistole auszutragen wünsche. Der wollte nur heil aus der Sache herauskommen. Er versicherte, von ihm aus gehe die Auflösung der Verbindung, die er weder betrieben noch angestrebt habe, in Ordnung. Danach versuchte er, den Verlobungsring von seinem fleischigen Finger zu ziehen. Es gelang nicht. Mein Vater gab ihm den Rat, es mit Wasser und Seife zu versuchen. Der Entlobte nutzte die Gelegenheit, um aus der Wohnung zu flüchten.

Es war der Höhepunkt ihrer Beziehung. Dass es anschließend nur noch abwärtsgehen konnte, lag auf der Hand. Sie haben wenige Wochen später geheiratet. Wenn ich meiner Mutter Glauben schenken darf, war es eine unsäglich triste Hochzeit. Sie schrieb, dass die Geschwindigkeit, mit der die Entzauberung des Prinzen vonstattenging, etwas Atemberaubendes hatte. Umgekehrt wird es nicht viel anders gewesen sein. Die beiden hatten keine Schnittmengen. Sie hatten kaum Berührungspunkte. Es konnte nicht funktionieren. Aber das habe ich bereits gesagt.

*

Von der Heiligen Familie beschirmt, verlief mein Schlaf tief und traumlos. Ich erwachte und verspürte Hunger. Im Gastraum war für eine Person gedeckt. Während ich in eine trockene Semmel biss, kam der Wirt mit einem Teller Aufschnitt. Er fragte, ob ich gut geschlafen hätte und was ich zu trinken wünsche. Ich bat um Kaffee, eine Zeitung und darum, dass die Fliegenfänger entfernt würden. Er tat es umgehend. Der Informationsgehalt der Zeitung war gering. Der Bundesminister für Verkehr und Elektrizitätswirtschaft wurde als Wohltäter der Kraftfahrer gefeiert. Einen Agrarlandesrat hatte der Autotod ereilt. Der Herr Bundeskanzler verlieh seiner Freude über die bevorstehende Fertigstellung eines Teilstücks der Autobahn Wien–Salzburg Ausdruck. Ich legte die Zeitung beiseite. In diesem Augenblick ging die Tür auf. Ein Mann trat ein, grußlos, er knöpfte den Mantel auf und nahm an einem Einzeltisch nahe beim Ofen Platz.

„Was darf es sein, Herr Oberlehrer?“, rief der Wirt von der Schank aus. „Wie immer?“ Hämmerlein nickte. Er ist dicker geworden, dachte ich. Sonst scheint er in guter Verfassung. Hämmerlein vertiefte sich in mitgebrachte Zettel. Der Wirt brachte ein Bier. „Und den Volksboten“, sagte Hämmerlein.

„Bedaure, Herr Oberlehrer, aber der ist beim anderen Gast. Aus England“, fügte er bedeutungsschwer hinzu.

„Dann fragen Sie den Herrn, ob er ihn noch benötigt.“

Der Wirt wandte sich an mich. „Verzeihen Sie ...“

„Richten Sie dem Lehrer aus, dass die Zeitung besetzt ist.“

Hämmerlein stieß mit einer wütenden Geste den Bierwärmer in sein Glas. Der Wirt verschwand. Hämmerlein und ich sahen einander lauernd an. Seine Augen waren blutunterlaufen. Ich hatte das Buttermesser in der Hand und stand kurz davor, eine Dummheit zu begehen. Doch dann überlegte ich, wie viel Zeit mich dieser Mensch schon gekostet hatte und dass es sich nicht auszahlen würde, die zweifellos heftige, aber kurze Genugtuung des Abschlachtens mit einer lebenslänglichen Haftstrafe zu bezahlen. Ich würde die Rechnung anders begleichen müssen. Der Wirt servierte ein kleines Gulasch. Der Oberlehrer hatte prägnante Tischmanieren. Er aß laut, schob, als er fertig gegessen hatte, den Teller weit von sich, nahm einen Zahnstocher und stierte die Fasern aus den Zähnen. Danach steckte er ihn in den Behälter zurück. Mir grauste; ich musste den Raum verlassen. Die Zeitung nahm ich mit.

Es hielt mich nicht lange im Zimmer. Ich musste Feindesstudien betreiben, mich der Gegenwart Hämmerleins aussetzen. Ich nahm die Kamera und ging in die Gaststube zurück. Hämmerlein war nicht mehr da. Der Wirt saß auf meinem Platz und vertilgte die Reste des Frühstücks. Als er meiner ansichtig wurde, entschuldigte er sich. Er habe gedacht, ich sei fertig, natürlich bringe er sofort ein neues Gedeck und Aufschnitt und …

Ich bat ihn, sitzen zu bleiben und weiterzuessen. Im Anschluss würde ich gerne auf das gestrige Angebot des gemeinsamen Glases zurückkommen. Der Wirt sprang auf, ging zur Schank, kam, noch kauend, mit zwei doppelten Schnäpsen zurück. „Kranewitter", sagte er, „das werden Sie als Engländer nicht kennen." Es sagte mir in der Tat nichts.

„Ein Wacholderschnaps. Selbst gebrannt."

Wir stießen an. Der Wirt goss sein Glas in einem Zug hinunter. „Ahh", machte er, während er sich mit dem Handrücken über die Lippen wischte. „Wacholder ist gut für das Blut."

Ich tischte ihm die Geschichte mit dem Vogelatlas auf. Er staunte, was es nicht alles gibt. Ich fragte, ob sich im Dorf jemand mit Vögeln auskenne. Er kratzte sich. Eigentlich nicht. Hier sei man gewohnt zu arbeiten und habe keine Zeit für solche Dinge.

„Auch nicht der Lehrer?"

„Nein, der interessiert sich für nichts Lebendiges. Nur für die Toten."

„Kein einfacher Zeitgenosse, nicht wahr?"

„Der Herr Oberlehrer ist ein sehr pünktlicher Mensch", sagte er ausweichend.

„Wie darf ich das verstehen?"

Der Wirt starrte auf mein halb volles Glas, während er erzählte. Ich erfuhr, dass man nach dem Herrn Oberlehrer die Uhr richten konnte. Dass er um sechs Uhr aufstehe, frühstücke, Schlag zehn das Wirtshaus aufsuche, um seinen Morgenschoppen und das Gabelfrühstück zu sich zu nehmen. Gefolgt von einer Runde durch das Dorf, dem Mittagessen, der Mittagsruhe, dem immer gleichen, um vierzehn Uhr dreißig beginnenden Spaziergang zur ehemaligen Mühle und wieder zurück.

„Sonst macht er nichts?"

„Was soll er denn sonst machen? Wir sind in Bruchleithen."

„Aber er muss doch irgendetwas tun?"

Der Wirt schnitt ein unwilliges Gesicht.

„Wenn es Sie interessiert, können Sie ihn ja fragen. Er hält einen Vortrag."

„Wann?"

„Heute Abend."

„Wo?"

„Hier, im Extrazimmer."

„Worüber?"

„Über Schubert."

„Empfiehlt es sich, sich anzumelden?"

„Für einen Vortrag vom Herrn Oberlehrer? Sie machen Witze."

„Wann beginnt der Vortrag?"

„Um sieben. Punkt sieben."

„Reservieren Sie mir einen Platz in der ersten Reihe."

Der Wirt lachte.

*

Ich lag in einem Gehölz auf einer Plane und blickte durch einen Feldstecher, in dem ein Hakenkreuz eingestanzt war. Die beiden Gegenstände gehörten dem Wirt, sie stammten aus seiner Zeit bei der Wehrmacht, der einzigen, die er außerhalb von Bruchleithen zugebracht hatte. Er lieh sie mir angesichts meiner von ihm als mangelhaft angesehenen Ausrüstung. Das Fernglas war auf ein kleines, etwas außerhalb des Ortes gelegenes Objekt gerichtet. Der Wirt hatte nicht übertrieben: Punkt vierzehn Uhr dreißig verließ Hämmerlein das Haus. Ich folgte in einiger Entfernung. Der Lehrer blickte nicht nach links oder rechts, er wandte sich nicht um, er ging wie aufgezogen seinen Weg. Es war kein Spaziergang, es war ein Akt körperlicher Pflichterfüllung. Bei der Mühle blieb er stehen. Ich hatte den Eindruck, dass der Pause ein Element der Andacht innewohnte. Er verweilte eine knappe Viertelstunde, ehe er weiterging. Kurz vor vier lag ich wieder in meinem Gehölz. Ich wusste, wann es sich lohnen würde, erneut einen Blick auf das Haus zu werfen. Um drei viertel sechs trat Hämmerlein aus der Tür. Er trug einen speckig glänzenden, dunklen Anzug und hatte eine Aktentasche bei sich. Er würde zum Pfarrer gehen, mit diesem streiten und sich dann auf den Weg ins Wirtshaus machen. Ich würde genug Zeit haben.

Man erfährt viel über die Leute, wenn man bei ihnen einbricht. Im Allgemeinen ist es am Land leicht, in ein Haus zu gelangen. Meist liegt ein Schlüssel unter der Fußmatte. Wenn nicht, bedient man sich einer Leiter, um durch ein höher gelegenes, ungenügend gesichertes Fenster einzusteigen. Hämmerlein war ein Fall für die Leiter. Rückblickend betrachtet war der Einstieg ein unnötiges Risiko, das ich mir hätte sparen können. Er brachte keinen Erkenntnisgewinn. Hämmerlein lebte so, wie ich es mir vorgestellt hatte: in einer unsauberen Altmännerbehausung von der Sorte, in der man flach atmet und tunlichst nirgends anstreifen möchte. Im ersten Raum, den ich in Augenschein nahm, befand sich das Arbeitszimmer. Die Bibliothek war überschaubar. Sie bestand aus zwei, in erster Linie mit Broschüren bestückten Bücherborden. Die meisten hatten mit Schubert zu tun.

Die drei Höhepunkte seines Lebens hingen gerahmt hinter dem Schreibtisch: der Nachweis zur Lehramtsbefähigung, eine Urkunde des Stadtschulrates, in der auf seine Verdienste beim Schubertfest neunzehnhundertachtundzwanzig hingewiesen wurde, sowie das Ernennungsdekret zum Oberlehrer. Ich ging weiter. Die Einrichtung des Wohnzimmers war von solider Hässlichkeit. Sie schien vom Vater übernommen.

Im Schlafzimmer hielt ich mich nur kurz auf. Am Nachtkästchen die Broschüre *Judentum und Musik*, neben dem Bett ein ungeleerter Nachttopf. Ich hatte genug gesehen. Kurz vor dem Ausstieg fiel mein Blick auf einen unscheinbaren Gegenstand. Ich schüttelte ihn. Es klang gut. Ich steckte ihn in die Tasche.

Ich betrat die Flucht nach Ägypten mit der Wehrmachtsplane über den Schultern. Niemand nahm daran Anstoß.

„Sie scheint Ihnen gute Dienste geleistet zu haben“, sagte der Wirt.

„Das hat sie, vielen Dank. Was meinen Sie, geht sich vor dem Vortrag noch ein Kranewitter aus?“

Der Wirt schenkte ein. „Nehmen Sie lieber einen doppelten. Sie werden ihn brauchen."

Ich fragte, ob Hämmerlein öfter Vorträge halte. Er meinte, Gott möge abhüten. Es seien wenig beliebte Veranstaltungen. Der heutige werde besonders schlecht besucht sein, weil der Wirt vom Schwarzen Bären im Nachbarort ein Manderlradio gekauft habe, das heute Abend erstmals in Betrieb genommen werde.

„Ein bitte was?" Na so ein Manderlradio, ein Fernsehgerät. Das, dessen sei er sich sicher, den Untergang des Bären besiegeln werde. Das Gerät habe fünftausendneunhundertsiebzig Schilling gekostet, das entspreche drei, in dieser Gegend sogar vier Monatslöhnen. Eine Investition, die sich niemals rechnen könne. Zumal die Sache mit dem Fernsehen sowieso nur eine Mode sei, die in ein paar Jahren niemanden mehr interessieren würde. Aber heute, schloss er, werden natürlich alle hinrennen und hineinglotzen. Der Wirt kippte noch einen Schnaps. Er mache da keine Ausnahme. Wann sehe man schon etwas von der Welt, wenn nicht gerade Krieg sei. Falls ich wolle, könne ich gerne mitkommen. Es sei mit Sicherheit interessanter als Hämmerlein. Ich lehnte höflich ab. Der Tag sei anstrengend gewesen, ich wolle früh ins Bett. Er wollte wissen, ob ich Glück mit den Vögeln gehabt hätte. Ich sagte, dass sich lediglich ein einziger gezeigt habe. Vermutlich würde ich Bruchleithen noch ein paar Tage erhalten bleiben. Das hörte er gern. Ob er sonst noch etwas für mich tun könne. Ich bat ihn, mir einen halben Liter von dem blumigen, alkoholreichen Wein aus dem Burgenland als Schlummertrunk aufs Zimmer zu bringen.

Der Oberlehrer kam fünf Minuten vor sieben ins Extrazimmer. Er machte einen wütenden Eindruck. Von den zwanzig Stühlen waren fünf besetzt. Ich hatte die erste Reihe für mich allein. Er ging mit einem knappen Gruß zum Vortragstisch, legte die Mappe ab und entledigte sich des Hutes. Von einem Haarkranz abgesehen, war er kahl. Er sah mich an. Ich fühlte mich von einem bösen, glosenden Blick erfasst. Hämmerlein wartete bis Punkt sieben, ehe er begann. Es freue ihn, dass trotz der Gegenveranstaltung im Nachbarort einige Kulturinteressierte den Weg zu seinem Vortrag gefunden hätten. Solange sich Menschen im Namen Schuberts versammeln, gebe es Anlass zur Hoffnung. Hoffnung, dass die kulturelle Vorherrschaft Amerikas … Hämmerlein wurde an dieser Stelle von der Wirtin unterbrochen, die krachend die Tür öffnete und nach Getränkewünschen fragte.

„Bitte ein Coca-Cola“, sagte ich. Durch die Zuhörerschaft ging ein Raunen. Es war die einzige Bestellung. Ich fixierte Hämmerlein. Er wirkte fassungslos.

„Nun?“, fragte ich. „Weiter!“

Hämmerlein fing zu stottern an. Ich nahm es als gutes Omen, dass er leicht aus dem Konzept zu bringen war. Doch fasste er sich schnell – er kannte den Text. Sein Vortrag bestand aus pathetischen, schlecht gefügten Schachtelsätzen. Schubert sei als Komponist stets auch Volksbildner gewesen, ein Lehrer in des Wortes tiefster Bedeutung. Als Erschaffer des modernen deutschen Liedes habe er sich tief in die Annalen deutscher Musikgeschichte eingeschrieben. Heute wäre sein Liedgut bedroht, bedroht durch eine fehl- und irregeleitete

Jugend, die sich die Unmoral aufs Panier geschrieben habe. Vom Jazz (er sprach es deutsch aus) gehe eine zersetzende Kraft aus, der es zu begegnen gelte. Selbst im Heimatfilm, der doch immer auch eine erzieherische Funktion habe, seien in jüngerer Zeit Tendenzen festzustellen, die zu tiefer Besorgnis Anlass gäben. Dem gesund empfindenden Menschen könne es nur grausen, wenn in einem Film wie *Die Lindenwirtin vom Donaustrand* plötzlich ein Neger-Calypso gespielt werde. Das sei eine auf das Schärfste zu verurteilende Anbiederung an den Zeitgeist. Denn die heutige Jugend bereite Unmut und Sorge. Aggressive Eckensteher, radausüchtige Halbstarke wären in der Stadt ja schon mehr die Regel als die Ausnahme. Das rühre nicht zuletzt von der Freizeitgestaltung der jungen Menschen her, die sich in Betrachtung von Schundfilmen, Massensport, geschlechtlichen Abenteuern und dem Anhören unseliger Jazzplatten erschöpfe. Deshalb sein Appell zur Pflege des Schubertliedes als eine der brennenden Aufgaben der Zeit. Denn das Schubertlied sei Volksgut in des Wortes tiefster Bedeutung. Man könne es mit einem geistigen Samen vergleichen, der in die Jugend gepflanzt werden müsse, um sie gegen den entarteten Geschmack Amerikas zu immunisieren. Der hinter mir sitzende Herr klatschte. Er klingt wie ein fett gewordener Dorfgoebbels, dachte ich. Ein Dorfgoebbles der Extrazimmer.

Er wolle, fuhr Hämmerlein fort, nun seinen eigentlichen Vortrag mit einer kurzen Einführung über den, wie er glaube sagen zu können, Vollender des deutschen Liedes beginnen. Es sei nun einhunderteinundsechzig

Jahre her, dass Franz Peter Schubert in dem in der Wiener Vorstadt Lichtental gelegenen Haus zum Rothen Krebs geboren wurde. Er war das zwölfte, nach anderen Quellen dreizehnte Kind des Volksschullehrers Franz Theodor Schubert und seiner Gattin Elisabeth. Der Vater entstammte einem alten Bauerngeschlecht aus Deutsch-Böhmen, die Mutter aus Österreichisch-Schlesien. Ich zog den Ärmel über das Handgelenk, blickte auf die Uhr. Dann schaute ich auf Hämmerlein und gähnte. Er warf mir den Blick eines gereizten Mörders zu. Jemand tippte mir auf die Schulter. Es war das Männlein aus der zweiten Reihe. „Herr Hämmerlein ist auch Lehrer und Brillenträger“, flüsterte er. „Genau wie Schubert.“

„Eine wundersame Koinzidenz“, antwortete ich, „vielleicht haben wir es mit einem Fall von Reinkarnation zu tun?“

Das Männlein war noch nicht fertig. „Der Herr Oberlehrer heißt mit zweitem Vornamen auch Peter. Genau wie Schubert.“ Er wirkte wie aus einer Nestroyposse gehüpft. Ich tippte auf einen gedungenen Claqueur.

„Merken Sie nicht, dass Sie den Vortrag stören?“, fragte ich lauter als nötig.

Das Männchen schwieg. Hämmerlein hatte jetzt ein stark gerötetes Gesicht. Man sah, dass er sich gerne eines Rohrstabes bedient hätte. Ich nickte ihm aufmunternd zu. Um Fassung ringend, verwies der Oberlehrer auf den Musikwissenschaftler Witeschnik, der mit seiner Biografie dem Meister recht nahegekommen sei – näher als jeder andere vor ihm. Witeschnik habe auf Schuberts starke Verwurzelung in deutscher Erde hingewiesen, auch darauf, dass er den dunklen Bodensatz des Wiener Gemüts ins Helle geführt habe. Auf die verwandte Sorgfalt beim Keltern der köstlichen Früchte schwermutsdunkler Einkehr. In tieferen Zügen habe niemand aus dem Urquell des Volksbodens getrunken. Zwar gebe es Stimmen, die meinen, es mangle ihm an der Fähigkeit zur Selbstentäußerung. Das sei in Wirklichkeit jedoch eine Stärke. Aus ihr empfange jede Schubert'sche Musikäußerung die bis dahin nie gekannte Erlebnisfeuchte, die so tiefe Durchblutung mit den Kräften der Seele. Er wolle an dieser Stelle anmerken, dass man den Vortrag um geringes Geld in Form einer Broschüre bei ihm kaufen könne. Er, der sich Jahrzehnte seines Lebens mit Schubert beschäftigt habe, glaube sagen zu können, tiefer in das Wesen des Menschen Schuberts eingedrungen zu sein als alle anderen vor ihm. Er habe schon sehr früh, kurz nach Eintritt in das Lehrerseminar, damit begonnen, sein Leben in den Dienst der Schubertforschung und Schubertpflege zu stellen. Eine Aufgabe, die ihm schlecht gelohnt worden sei, doch habe er, im Bewusstsein der Wichtigkeit seiner Aufgabe, niemals Klage darüber geführt. Hämmerlein hielt einen Augenblick inne.

„Die Großstadt und ihre Anfechtungen fliehend, hat dieses bescheidene Genie inneren Frieden und Seelenruhe doch immer nur am Land gefunden. Hier am Land war es ihm beschieden, er selbst und kein anderer zu sein. Studiert man die Werksgeschichte, stellt man fest, dass er seine Inspiration aus den Landpartien, aus der Natur geschöpft hat. Hier trank er in tiefen Zügen aus dem Urquell …"

Er wiederholte sich. Ich unterbrach.

„Ist Schubert nicht an den Folgen der Anfechtungen der Großstadt gestorben? Eine venerische Erkrankung? Von der Syphilis bis auf die Knochen zerfressen?"

Hämmerlein sah mich drohend an.

„Nein! Sein scheuversunkenes Wesen schließt diese Möglichkeit kategorisch aus. Auch die häufig geäußerte Vermutung einer Typhusinfektion kommt kaum in Betracht, da Schubert kein Wasser trank. Wir wissen, dass der Meister zuletzt an einer Krankheit litt, doch wissen wir nicht, welcher Natur. Wir wissen lediglich, dass er geschwächt war, als er zum Bruder in die Kettenbrückengasse zog. *Die feuchte Wohnung wurde sein Grab. Der Tod nahm ihn, wie der Herbstwind ein Blatt reißt.*"

„Und woran ist er dann gestorben?"

„Es gibt eine einzige Schwäche in der Lebensführung dieses Titanen. Es ist eine zutiefst deutsche Schwäche: Schubert trank zwölf Krügel Bier am Tag. Er starb an der Herzbeutelwassersucht."

Tiefe Züge nicht nur aus dem Urquell des Volksbodens, dachte ich.

„Gehe ich fehl in der Annahme, dass diese Theorie von Ihnen aufgestellt wurde?"

„Durchaus nicht."

„Wird sie sonst noch von jemandem geteilt?"

„Die Wahrheit hat immer einen schweren Stand."

„Könnte man die Frage auch mit einem simplen *Nein* beantworten?"

„Stehe ich mit dieser Theorie allein da?! Humpenkothen!!"

Das Männlein aus der zweiten Reihe sprang ein.

„Der Herr Oberlehrer ist nicht allein! Wir teilen die Ansichten des Herrn Oberlehrers ohne Wenn und Aber!"

„Ich habe ja nur gefragt", sagte ich.

Den Rest des Vortrages verhaspelte sich Hämmerlein bei jedem zweiten Satz. Ich verzichtete auf weitere Zwischenrufe, es lag ein Anklang von Pogrom in der Luft. Hämmerlein beendete seine Rede ziemlich abrupt, indem er die Anwesenden aufforderte, aufzustehen und *Am Brunnen vor dem Tore* zu singen. Ich blieb sitzen. Das Männlein hinter mir sang bemerkenswert falsch.

*

Als ich in meinem Zimmer saß und am alkoholreichen burgenländischen Wein nippte, fand ich keine Ruhe. Vor mir lag Hämmerleins Broschüre. *Schubert – ein deutscher Frühvollendeter. Mit einem Bildnis des Verfassers.* Sie war in Fraktur gedruckt. Er hatte mir, dem einzigen Käufer, einen Satz hineingeschrieben, aus dem ich nicht klug wurde:

Er ist ein Engländer, sagte man, so sind sie alle.
Wilhelm Hauff

Obwohl ich vor neunzehn Jahren nach England gekommen bin, ist aus mir nur in Ansätzen ein Engländer geworden. Natürlich hasse ich Österreich. Aber ich trage dieses entsetzliche wienerische Erbe in mir. Ich entspreche den meisten Klischees, die man mit Wien und den Wienern verbindet. Ich habe meine Wiener Haut nie abstreifen können. Als der Krieg zu Ende war und ich mich in Manchester niederließ, machte ich die Bekanntschaft eines alten Juden, der mein Dilemma in einem schlichten Satz auf den Punkt brachte: *Man kann einen Menschen aus Wien herausnehmen, aber Wien bedauerlicherweise nicht aus einem Menschen.*

Dass es mich nach England verschlagen hat, ist letztlich ein Zufall gewesen. Meinen Eltern wurde schnell klar, dass die Machtergreifung der *missing links* nichts war, das sich aussitzen ließ. Sie mussten ihre Vermögensverhältnisse offenlegen, waren gezwungen, den zweiten Vornamen *Israel* beziehungsweise *Sara* zu benutzen und eine eigene Ausweiskarte für Juden mit sich zu führen. Schwerer noch wog der Umstand, dass mein Vater seine Approbation als Arzt verlor. Folglich waren wir genötigt, uns mit Emigrationsplänen zu beschäftigen. Von den jüdischen Hilfsorganisationen war nichts zu erwarten. Ich konnte es ihnen nicht verübeln; mein Vater war mit Erreichen der Volljährigkeit aus der Kultusgemeinde ausgetreten und hatte meine Mutter noch vor der Hochzeit davon überzeugt, es ihm gleichzutun. Das bedurfte keiner besonderen Überredungskunst: Die Gnade des Glaubens war ihnen beiden nicht zuteilgeworden. Noch immer klingt mir der väterlichen Satz im Ohr, dass Marx recht gehabt habe, die Religion als Opium des Volkes zu bezeichnen. Opium aber sei ein zweischneidiges Schwert: Zwar lindere es den Schmerz, führe aber auch zu Verstopfung.

Die von meinen Eltern als zivilisiert eingestuften Länder waren an Leuten wie uns nicht interessiert. Die unzivilisierten auch nicht. Eine gemeinsame Ausreise erwies sich als illusorisch. Die Hauptsorge meiner Eltern galt natürlich mir, dem einzigen Kind. Gerettet hat mich die ärztliche Kunst meines Vaters. Ihm fiel ein, dass einer seiner Patienten, den er von einer schmerzhaften Kiefereiterung geheilt hatte, exzellente Kontakte zur Kirche unterhielt. Der Mann intervenierte sofort. Wenige Wochen später dann der Termin bei der Erzdiözese. Ich hatte alles, was ich an Urkunden und Zeugnissen besaß, bei mir; man war aber nur an meinem Taufschein interessiert. Der Priester, der das Dokument studierte, war fassungslos, „das ist ja", „das ist ja", sagte er immer wieder, ohne den Satz zu beenden. Man konnte es ihm nicht übel nehmen, er war mit einer ungeheuerlichen Situation konfrontiert: einem Fünfzehnjährigen, Sohn konfessionsloser Eltern mit jüdischem Hintergrund, dem Sakrament der Taufe erst seit zwei Tagen teilhaftig. Es kam mir selber absurd vor. Der Zweck heiligte die Mittel: Katholisch geworden, gelangte ich mit einem *domestic permit* außer Landes. Im Jänner neunzehnhundertneununddreißig betrat ich englischen Boden. Das Erste, das mir in Erinnerung geblieben ist, war das Cover des Time Magazine. Es zeigte Hitler, den man zum Mann des Jahres neunzehnhundertachtunddreißig gewählt hatte. Die Gastfamilie, Mr and Mrs Donald McKechnie, war ein ältliches, kinderloses Paar, dem die Mühen des Haushalts und der Gartenpflege zu viel geworden waren. Auf mich machten sie den Eindruck des fleischgewordenen

Sakraments der Buße. Ich weiß nicht, ob es den Begriff *radikalkatholisch* gibt; jedenfalls passte er auf die beiden wie kein zweiter. Meine Kenntnisse der englischen Sprache waren bescheiden, die Eltern hatten mir eingeschärft, möglichst viel zu reden und zu lesen. Im Hause McKechnie wurde jedoch, von Gebeten einmal abgesehen, kaum gesprochen, und, wie in radikalkatholischen Häusern wohl üblich, auch wenig gelesen. Die beiden gehörten zu den deprimierendsten Gestalten, die mir in meinem Leben untergekommen sind. Offenbar waren sie der Überzeugung, dass nur ein freudenloses Diesseits ein freudenvolles Jenseits nach sich ziehen kann. Dabei erweckten sie nicht den Anschein tief in sich ruhender Menschen – alles, was sie taten, geschah mit einem ängstlichen Schielen Richtung Herrgott. Es war mir damals gleichgültig, doch heute würde mich interessieren, wie das Jenseits, auf das sie spekulierten, beschaffen war. In ihrer Vorstellung war es sicher ein Ort des gut sitzenden Zahnersatzes. Ihrer war es nicht. Er drückte, wurde bei Mahlzeiten stets aus dem Mund genommen und auf dem Tischtuch abgelegt. Ich war fassungslos, als ich das erste Mal Zeuge dieser Angewohnheit wurde. Als Zahnarztsohn war mir der Anblick von Gebissen nicht fremd. Aber die der McKechnies sahen aus, als wären sie seit Generationen weitervererbt worden. Dabei war das Essen auch ohne diesen Anblick schwer genug hinunterzubringen. Alle von Mrs McKechnie bereiteten Mahlzeiten zeichneten sich durch Eintönigkeit aus. Sie bestanden meist aus Hammelfleisch mit Dosengemüse. Es war eine Erleichterung, als mir Mr McKechnie einige

Wochen nach meiner Ankunft ein Aschenkreuz auf die Stirn malte und erklärte, dass es bis Ostersonntag kein Fleisch geben würde. In diesem Zeitraum verzichteten die beiden auch auf ihr einziges Laster: stark gesüßten Tee mit Kondensmilch, den sie sonst den ganzen Tag über zu trinken pflegten.

Wenn ich sage, dass ich die Zeit bei ihnen wie einen Aufenthalt in der Hölle empfunden habe, ist es kaum übertrieben. Es waren zwei Dinge, die mich davor bewahrten, einen Schritt zu setzen, der mich in ungeweihte Erde gebracht hätte. Das war zum einen die Pfarrbibliothek, in der es ein deutsch-englisches Wörterbuch sowie eine ganze Reihe vorzüglicher katholischer Autoren gab. Beim Spracherwerb haben die Father-Brown-Geschichten von G. K. Chesterton eine ungleich wichtigere Rolle gespielt als die McKechnies. Anlass zur Hoffnung machte auch ein Brief aus Triest. Er stammte von meinen Eltern, die von ihrer geglückten Ausreise berichteten. Sie hätten über Onkel David ein Visum für Palästina erhalten. Ich hatte noch nie von einem Onkel David gehört, doch erleichterte es mich, sie in Sicherheit zu wissen. Bald darauf brach der Krieg aus. Man stellte mich vor ein Tribunal, das es sich zur Aufgabe gemacht hatte, die Gefährlichkeit der im Lande befindlichen *Enemy Aliens* auszuloten. Nach eingehender Befragung wurde man anschließend in die Kategorie A (*high security risk*), B (*doubtful cases*) oder C (*no security risk*) eingeteilt. Bei mir war sich die Kommission nicht sicher. In unbeholfenen Sätzen bemühte ich mich, meine Geschichte zu erklären. Die Herren blickten skeptisch und lächelten höflich. Titus ist für einen Juden kein sonderlich plausibler Vorname, und Katholiken sind, seit Guy Fawkes' Versuch, das Parlament in die Luft zu sprengen, per se verdächtig. Man stufte mich in die Kategorie B ein. B war besser als A, weil man nicht an der Seite von Nazisympathisanten interniert wurde. Von C unterschied sich B durch Restriktionen. Man durfte keinen Fotoapparat, kein Radio und keine Landkarten besitzen. Auch war es nicht gestattet, sich außerhalb des Bannkreises zu bewegen, der drei Meilen betrug. All das fiel bei mir nicht ins Gewicht. Es war letztlich egal. Ich war ein sich in seiner Freizeit durch Chesterton buchstabierender Dienstbote, der an der Seite seiner Herrschaft in die Kirche ging und im Begriff stand, seltsam zu werden.

Es war die Effizienz der Wehrmacht, die mich davor bewahrte, bei den McKechnies zu versauern. Die Deutschen standen im Sommer neunzehnhundertvierzig an der französischen, belgischen und niederländischen Kanalküste, und England rechnete mit der Invasion. Man hatte Angst vor der fünften Kolonne und beschloss, alle *enemy aliens* zu internieren. Die McKechnies traf fast der Schlag, als die Militärpolizei mit aufgepflanzten Bajonetten vor der Tür stand. Ich las gerade eine Father-Brown-Geschichte, ich denke, es war *The Hammer of God*.

Der Anführer verlas im Namen der Regierung den Internierungsbefehl. Ich verstand lediglich, dass ich zehn Minuten hatte, meine Sachen zu packen. Dies geschah im Beisein der McKechnies, die in weinerlichem Ton auf die Polizisten einredeten, dass sie Opfer ihrer

Großherzigkeit und Nächstenliebe geworden waren. Sie hätten ja nicht wissen können, einen Verbrecher in ihrem Hause zu haben, wenn sie es gewusst hätten, hätten sie mich sofort gemeldet, ihr ganzes Leben hätten sie noch nie mit der Polizei zu tun gehabt und so weiter und so fort. Die Polizisten schenkten ihnen keine Beachtung. Als ich in meiner Verwirrung den Band mit den Father-Brown-Geschichten in den Koffer warf, schrien die McKechnies auf. Das Buch sei Eigentum der Pfarre, so etwas Dreistes, aber immerhin beweise es die Richtigkeit meiner Festnahme. Der Anführer befahl mir, das Buch auszuhändigen. Meine Hand zitterte, als ich es tat. Er blätterte. Ich hatte die mir ungeläufigen Vokabel mit Bleistift unterstrichen. Ob das ein Verschlüsselungscode sei, wollte er wissen. Ich kannte das Wort *encryption* nicht und zuckte mit den Schultern. Der Anführer wandte sich an die McKechnies. Er müsse das Buch mitnehmen, es könnte nachrichtentechnisch bedeutsam sein. Die McKechnies rangen die Hände. In späteren Jahren zog ich einige Befriedigung aus der Vorstellung, die Kryptoanalytiker des MI5 mit meiner Sprachunkenntnis beschäftigt zu haben. Damals hatte ich – um ein weiteres deutsches Lehnwort zu bemühen, das Eingang in das Englische gefunden hat – lediglich *angst*.

Nach dem Packen musste ich meinen Namen auf den Koffer schreiben. Man verlud mich in einen Lkw, in dem bereits einige verängstigte Menschen saßen. Als ich einstieg, bat ein älterer Herr darum, austreten zu dürfen. Er wurde von der Wache angeschrien, dass Redeverbot herrsche. Der Lkw blieb noch einige Male stehen, um weitere *enemy aliens* aufzunehmen. Als wir unseren Bestimmungsort erreichten, war es Nacht. Zum Missmut unserer Bewacher erwies er sich als überbelegt. Immerhin durften wir uns erleichtern und erhielten ein Getränk, von dem ich mir bis heute nicht sicher bin, ob es sich um Tee oder Kakao gehandelt hat. Danach ging es weiter. Es dämmerte, als wir ankamen. Die Luft roch nach Meer. Eine bullige Gestalt nahm uns in Empfang, ließ uns antreten, hielt eine kurze Ansprache. Das Wort Kriegsrecht ist mir in Erinnerung. Ich kannte es von der Chesterton-Lektüre. Anschließend brachte man uns in einen Turnsaal. Das Gepäck musste zurückgelassen werden. Ein Teil von uns lag auf verschwitzten Matten, ein Teil am Boden. Ruhe fand niemand. Ein Mann mittleren Alters bekam einen hysterischen Anfall und schrie, er wolle nicht erschossen werden. Er war sehr laut und wurde, nachdem gutes Zureden nicht fruchtete, von einem Mitgefangenen so lange geschlagen, bis er ruhig war. Niemand griff ein. Damals habe ich gelernt, dass es auch in sogenannten Schicksalsgemeinschaften günstig ist, sich unauffällig zu verhalten. So verbrachten wir einige Stunden, ehe man uns in kleinen Gruppen aus dem Turnsaal führte. Es hatte den Anschein von Hinrichtung, doch hörte man keine Schüsse. Tatsächlich wurden wir in einen Raum geführt, in dem uns Jacken ausgehändigt wurden. Es waren blaue Gefängnisjacken, auf deren Rücken ein roter Kreis gemalt war. Jemand raunte, der Kreis diene dazu, um das Zielen im Falle eines Fluchtversuches zu erleichtern. Es war einigermaßen entwürdigend, diese Kleidung tragen zu müssen. Doch erwies es sich rückblickend besser, einen roten Kreis auf dem Rücken zu haben, als einen gelben Stern an der Brust. In dieser Aufmachung wurden wir auf zwei Schiffe aufgeteilt, die Bethia und ihr Schwesterschiff, die Josip. Es waren alte, rostige Kähne, richtige Seelenverkäufer. Wir galten als keine besonders wertvolle Fracht. Über Dauer und Ziel der Reise ließ man uns im Unklaren. Ich habe die Zeit auf der Bethia als schrecklich in Erinnerung. Die Bewacher behandelten uns wie Abschaum. Es gab zahlreiche Übergriffe. Als das Schiff zwei Monate später Australien erreichte, lag die Josip bereits acht Wochen am Grund des Meeres. Sie war von einem deutschen U-Boot versenkt worden.

Das britische Parlament war unterdessen zu der Erkenntnis gelangt, dass es eine Dummheit gewesen war, Hitlers beste Feinde zu deportieren. Das war erfreulich, doch sah es bezüglich der Rückreisemöglichkeiten schlecht aus.

An Australien habe ich nur unscharfe Erinnerungen. Das Internierungslager war im Nirgendwo, in einer Gegend, in der hauptsächlich Schafzucht betrieben wurde. Kein Ort, an dem man alt werden wollte. Ich suchte nach Ausstiegsszenarien. Die gab es nur im Singular: Die Truppen Seiner Majestät brauchten Männer. Ich war siebzehn und erfüllte damit alle wesentlichen Kriterien für den Krieg. So geschah es, dass ich die blaue Gefangenenjacke mit einer olivfarbenen Uniform tauschte. Auch diese habe ich nur ungern getragen.

Das Glas war leer. Die Kerzen flackerten, sie waren fast niedergebrannt. Ich sagte mir, dass es vernünftig wäre, sich hinzulegen. Über den Satz: *Er ist ein Engländer, sagte man, so sind sie alle* nachdenkend, schlief ich ein.

*

Beim Aufstehen hatte ich das Gefühl, dass das Kommende unter einem guten Stern stehen würde. Neben der Toilette hing ein Abreißkalender. Er zeigte ein falsches Datum, doch ein passendes Zitat: *Hüte dich. Sei wach und munter.*

Obwohl das Bad nicht zum Verweilen einlud, verbrachte ich lange Zeit darin. Als Nemesis sollte man einen gepflegten Eindruck machen. Der Wirt servierte das Frühstück, wartete, bis ich den ersten Kaffee getrunken hatte, ehe er mit der Kranewitterflasche kam. Ich lehnte ab. Als Nemesis sollte man nüchtern sein. Der Wirt wirkte enttäuscht.

„Es ist wegen der Vögel. Sonst rolle ich mich in die Plane und schlafe ein. Aber erzählen Sie mir vom gestrigen Abend." Er lachte abfällig. Es hätte sich genau so verhalten, wie von ihm vorhergesehen; ein Abend mit hohen Erwartungen, die nicht erfüllt worden wären. Das Gerät habe im Herrgottswinkel der Gaststube gestanden; es sei mit einem Tuch verhangen gewesen, das erst nach den Ansprachen des Bürgermeisters, des Bärenwirtes und des Ortspfarrers entfernt wurde. Kurz gefasst habe der Bürgermeister seiner Freude Ausdruck verliehen, dass die Gemeinde nun den Anschluss an das Weltgeschehen vollzogen habe. Der Bärenwirt, kein Mann des Wortes, las stotternd technische Besonderheiten von einem Zettel ab; Brillantzeichner, gestochen scharfes Bild und Ähnliches mehr. Zuletzt habe der Pfarrer das Wort ergriffen und daran erinnert, dass erst vor zwei Monaten Papst Pius die Heilige Klara von Assisi zur Schutzpatronin des Fernsehens bestimmt habe. Er erlaube sich, die Worte des Papstes, dass das Fernsehen auf die Seelen innerhalb der häuslichen Gemeinschaft eine einzigartige Anziehung ausübe, nochmals ins Gedächtnis zu rufen. Möge die Heilige Klara das Fernsehen so anleiten, dass es Wahrheit und Tugend ausstrahle, worauf unsere gesellschaftliche Ordnung letztlich beruhe.

Wieso die Heilige Klara, wollte ich wissen. Auch das hatte der Pfarrer erklärt. Infolge einer schweren Erkrankung bettlägerig, sei es ihr nicht möglich gewesen, die Weihnachtsmesse zu besuchen. Der Herr habe es ihr dennoch ermöglicht, die in großer Entfernung gefeierte Christmette von ihrem Lager aus zu sehen und zu hören. Er verlieh ihr die Gabe der Television. Ob man sie auch bei hohem Fieber anrufe, fragte ich. Der Wirt wusste es nicht. Sein Kollege hatte danach das Tuch von dem Fernsehempfänger gezogen, nochmals den Preis genannt und auf das moderne, geschmackvolle Edelholzgehäuse verwiesen. Dann besprengte der Pfarrer das Gerät mit Weihwasser, welches von der Frau des Bärenwirts hastig weggewischt wurde. Danach nahm der Bürgermeister den Apparat offiziell in Betrieb. Er betätigte den Einschaltknopf. Es flimmerte und rauschte. Über diesen Status kam man an diesem Abend nicht mehr hinaus. Natürlich war der Bärenwirt von den Anwesenden mit

Spott und Hohn übergossen worden. Er sei aber auch ein Akt außergewöhnlicher Dummheit, sein ganzes Geld in so etwas Zukunftsloses wie dieses Fernsehen zu stecken. Na, ihm könne es nur recht sein. Er trank einen Schnaps und schaute zufrieden. Ich bat ihn, mir ein Essenspaket und eine Thermoskanne Kaffee zurechtzumachen. Ich würde den ganzen Tag unterwegs sein. Das Licht sei gut, das müsse man ausnutzen. Der Wirt sah mich mit glasigen Augen an.

Es war ein herrlicher Tag. Ich lag auf der Plane, ließ mich von der Sonne wärmen und dachte an nichts. Das Geräusch eines Traktors zerriss die Stille. Die Assoziationsmühlen in meinem Kopf begannen zu mahlen. Ich dachte an das erste Schreiben meiner Mutter aus Palästina. Es war ein Klagebrief. Alles furchtbar. Die Schiffspassage nach Haifa. Seekrank in einer Kabine nahe am Maschinenraum. Als würde man neben einem Traktor liegen. Sie werde es ihr Lebtag nicht vergessen. Dabei sei die Überfahrt, verglichen mit der Pension in Tel Aviv, wo sie sich jetzt befänden, geradezu eine Vergnügungsreise gewesen. Ich könne mir keine Vorstellung von den herrschenden Umständen machen. Die Gerüche, der Dreck, der Lärm. Und alles so primitiv, so entsetzlich primitiv. Ich solle froh sein, in einem zivilisierten Land zu sein. Ihr Jammer füllte vier eng beschriebene Seiten.

Ähnlich der Tenor der späteren Briefe. Es waren Ventile, um ihrem Unmut Luft zu schaffen. Sie ist mit dem Leben nach der Emigration nicht zurande gekommen. Alles blieb grauenvoll. Die mörderische Hitze, die einen zwang, sich bis in den November hinein in nasse Tücher zu wickeln. Der Anblick des Vaters im gerippten Unterhemd. Onkel David. Die Bürokratie. Selbst als sie die Pension (*das Loch*) dank Onkel Davids Hilfe verlassen und eine Wohnung beziehen konnten, wurde es nicht besser. Sie klagte über die beengten Verhältnisse. Die hässliche Architektur, die sich Bauhaus nenne. Und überall treffe man auf selbst ernannte Sprachpolizisten, die einschritten, wenn sich jemand auf Deutsch unterhalte. Der Wille, alles zu hebräisieren, durchdringe sämtliche Bereiche. Selbst Schuberts Winterreise würde nur in der Landessprache zur Aufführung gelangen. Ich könne mir keine Vorstellung machen, wie misstönend das klinge. Es sei entsetzlich. Man könne nur hoffen, dass sich dieser ordinäre kleine Hund, dieser Hitler, bald zu Tode siegen würde.

Die Briefe meines Vaters klangen optimistischer. Zwar sehe es mit den Bergen in Tel Aviv schlecht aus, doch sei er im Begriff, sich mit dem Meer anzufreunden. Auch habe er eine Quelle für Schweinefleisch aufgetan, nicht ganz koscher, aber von ausgezeichneter Qualität. Daraus könne ich ersehen, dass die Transformation zum jüdischen Menschen nur schleppend vorangehe. Die Unkenntnis der Landessprache mache die Sache nicht leichter. Eine Hürde, die er nicht mehr nehmen werde. Es zahle sich nicht aus, Hebräisch zu treiben, da ihn meine Mutter, die den ganzen Tag Trübsal blase, ohnedies bald unter den Sand gebracht haben werde. Von Erde könne man hier nur schlecht sprechen. Er brauche mir nichts zu erzählen, ich wüsste ja, wie sie sei.

Ich möge ihr doch ein paar aufbauende Zeilen schicken, vielleicht über Covent Garden. Ansonsten stünden die Dinge nicht so schlecht: Zahnärzte brauche es immer. Ich täte gut daran, bei meiner Berufswahl die Nachfrage im Auge zu behalten. Hier in Tel Aviv gebe es eine ganze Reihe emigrierter Philologen, Historiker und anderer nutzloser Menschen, die nun auf Baustellen arbeiten und sich die Ziegel mit den Worten „Bitte, Herr Doktor, danke, Herr Professor" reichen würden. Vermutlich sei die Dichte an akademischem Proletariat nirgendwo höher als in Palästina.

Tatsächlich ist es ihm innerhalb kurzer Zeit gelungen, in seinem Metier wieder Fuß zu fassen. Er war eben ein ausgezeichneter Zahnarzt und an deutschsprachigen Kunden herrschte kein Mangel. Es hat die Stimmung meiner Mutter nicht verbessert, dass sie sich in der neuen Praxis als Vorzimmerdame betätigen musste. Dabei, schrieb sie, sei ihr bewusst geworden, weshalb Zahnärzte vollkommen unmusikalisch sein müssen. Sie könnten sonst die Bohrgeräusche nicht ertragen.

Ich vermochte der väterlichen Bitte nach aufbauenden Briefen nicht nachzukommen. Wenn man bei Temperaturen von einhundertzwanzig Grad Fahrenheit exerziert, fehlt einem die Kraft, Aufbauendes zu schreiben. Wahrscheinlich hätte ich ihre Briefe auch dann mit nachlässig gekritzelten Postkarten beantwortet, wenn es kühler gewesen wäre. Räumlich trennte uns keine große Entfernung mehr. Ich befand mich in Kairo, hatte meine Ausbildung durchlaufen und wartete auf den Einsatz.

Es gibt ein Sprichwort, dass Gott auch auf krummen Zeilen gerade schreibt. Mag sein. Aber er hat einen schlechten Stil.

Die Botschaft ereilte mich an einem Freitagabend. Ich war in gehobener Stimmung; für das Wochenende war der erste freie Ausgang angesetzt. Die Post wurde verteilt, ich nahm einen Brief entgegen. Der Name des Absenders war verwischt. Die Handschrift sagte mir nichts. Ich erinnere mich an ein Gefühl großer Unruhe, gefolgt von der Suche nach einem Ort, an dem ich ihn ungestört lesen konnte. Am WC zündete ich eine Zigarette an, ehe ich den Umschlag aufriss. Sie fiel mir nach den ersten Zeilen aus dem Mund.

„Lieber Titus! Der Anfang fällt mir schwer. Ich bin der Bruder deines Vaters. Vermutlich weißt du nicht einmal, dass es mich gibt. Ich muss dir eine traurige Mitteilung machen. Deine Eltern sind nicht mehr. Vielleicht ist es ein Trost, dass es ein schneller Tod gewesen ist. Sie werden nicht einmal Zeit gehabt haben, überrascht zu sein. Deine Eltern sind beim zweiten Luftangriff auf Tel Aviv gestorben. Es gab dreizehn Tote. Es tut mir leid, dass sie darunter gewesen sind."

Seltsam, wenn man keine Eltern mehr hat. Plötzlich ist nichts mehr zwischen einem und dem Abgrund, auf den wir uns alle zubewegen. Die Vorhut ist weg. Man ist selber Vorhut geworden. Teil der Richtung Ewigkeit marschierende Avantgarde. Diese Überlegung ist mir freilich erst später gekommen. Damals hat die Nachricht zunächst ein Gefühl der Wut ausgelöst. Eine enorme, alles überstrahlende Wut, dass mir die Hiobsbotschaft ausgerechnet diesen Freitag zugestellt wird und mir den ganzen Ausgang verdirbt. Ich denke nur mit Scham daran zurück. Die Trauer kam später. Sie war nicht so stark, wie es sich für Kinder gehört. Ich war kein guter Sohn. Möglich, dass mir die Eltern bereits vor ihrem Tod abhandengekommen sind. Die Jahre der Trennung haben sie verblassen lassen. In gewisser Weise verwandelten sie sich bereits zu Lebzeiten in Gespenster. Briefe schreibende Schatten. Vielleicht hatte ich auch zu wenig Gelegenheit, nachzudenken. Man kommt im Krieg selten dazu. Ich war Angehöriger der Achten Armee, die ein gelbes Kreuz als Emblem führte. Solcherart gezeichnet, kämpfte ich in Tobruk und El Alamein. Die Gegner waren zäh.

Wir haben uns entsetzliche Räusche angetrunken, nachdem die Achsenmächte in Tunis kapitulierten. Kaum ausgenüchtert, setzten wir nach Sizilien über. Von dort über Kalabrien, immer weiter nach Norden. Nach der Schlacht um Monte Cassino eignete ich mir den Fotoapparat eines gefallenen Deutschen an. Er hatte kein Gesicht mehr, aber die Kamera war intakt. Voigtländer. Eine gute Marke. In der Nähe von Florenz kam die Leica eines Herzschusses dazu. Das Gesicht des Toten zeigte einen erstaunten Ausdruck. Die beiden Apparate bildeten den Grundstock meiner späteren Tätigkeit als Fotograf. Im Mai neunzehnhundertfünfundvierzig schien der Krieg für mich zu Ende zu sein. Ich stand auf der Piazza Grande in Triest und hatte Heimweh nach Wien. Die Piazza Grande ist ja wie der Schwarzenbergplatz am Meer. Nachdem Österreich besetzt werden sollte, suchte man Leute mit Deutschkenntnissen. Ich bewarb mich und trat meinen Urlaub an. Er führte mich nach England. In London versuchte ich, die Angelegenheit mit der Staatsbürgerschaft voranzutreiben. Mein Soldbuch wies mich nach wie vor als Bürger des Großdeutschen Reiches aus.

„Sie heißen Streicher?", fragte der Mann bei der zuständigen Behörde. „So wie der Hauptkriegsverbrecher in Nürnberg? Titus Streicher? So wie Julius Streicher?" Die Frage, wann ich denn naturalisiert werden würde, konnte er nicht beantworten. Es sei zu früh. Mein Hinweis, dass ich vier Jahre für England gekämpft hätte, beeindruckte ihn mäßig. Das hätten auch Abertausende Polen, Inder und Neger getan. Es sei eine Sache des Anstands gewesen, gegen Hitler zu kämpfen. Anstand allein ziehe keine britische Staatsbürgerschaft nach sich. Dazu bedürfe es mehr. Ich zog unverrichteter Dinge wieder ab.

Abends saß ich im Aufenthaltsraum einer trostlosen Pension und überlegte. Ich hatte in ganz England zwei Adressen. Die der McKechnies und die von George Bowling. Die McKechnies schieden aus. George, der aus Manchester stammte, war in Kalabrien zu meiner Einheit gestoßen. Wir haben schnell festgestellt, dass wir einen ähnlichen Humor teilen. Soweit Engländer mit Nicht-Engländern befreundet sein können, sind wir Freunde geworden. George war ein begeisterter Hobbyfotograf, er hat mir den Anstoß gegeben, es zu versuchen. Er ist ein guter Lehrer gewesen. Auf halber Strecke zwischen Voigtländer und Leica erwischte ihn eine Kugel.

Es war eine *blighty wound*, im Deutschen nennt man es Heimatschuss. Wir haben weiterhin Briefe gewechselt, wobei er es nie verabsäumte, mich einzuladen.

Ich hatte eine schlechte Nacht. Nach dem Frühstück, das aus wässrigem Porridge sowie Tee, der nicht zum ersten Mal aufgebrüht worden war, bestand, gab ich ein Telegramm auf. Danach streifte ich durch die Stadt, die einen deprimierenden Eindruck machte. In einem Pub beging ich den Fehler, den Victory-Teller zu bestellen. Das Gericht entpuppte sich als grauer, übel schmeckender Eintopf. Mir ging der Gedanke durch den Kopf, dass wir an diesem Sieg noch lange zu kauen haben würden. Vielleicht dachte ich erstmals wie ein Engländer. Es waren trübe Aussichten. Meine Stimmung sollte sich bald aufhellen. An der Tür des Pensionszimmers steckte das Gegentelegramm.

Nimm den nächsten Zug! Selbst auf militärischen Befehl habe ich selten schneller gepackt.

George und seine Eltern bereiteten mir einen großen Empfang. Damals gab es nichts, was nicht rationiert gewesen wäre, die drei müssen einen Gutteil ihrer Lebensmittelmarken geopfert haben. Es war mir unangenehm, dass mich George mehrmals als Helden und Lebensretter bezeichnete. Ich bin alles andere als ein Held. Georges' Vater räusperte sich mehrfach, wobei er mir auf die Schulter klopfte. Seine Mutter sah mich dankbar an und strich mir durchs Haar. Den Rest meines Urlaubs verbrachte ich bei den Bowlings. Ich bewohnte das Zimmer des zweiten Sohnes, Eric. Meine arglose Frage nach Eric löste betretenes Schweigen aus. Er war in Dünkirchen gefallen. Es erschien mir als überaus englisch, dass George diesen Umstand mit keinem Wort erwähnt hatte. Nach zwei Wochen händigte mir die Mutter Erics Gewand aus. Ich hätte seine Statur und er komme ja doch nicht mehr zurück. Die Sachen waren eingemottet gewesen, sie rochen entsprechend. Doch war es angenehm, nach den Jahren in Uniform wieder Zivilkleidung tragen zu können. Dass es die Kleider eines Toten waren, war nicht untypisch für die Zeit.

Gegen Ende des Urlaubs meldete ich mich beim örtlichen Militärkommando. Man bedauerte, mir mitteilen zu müssen, dass dem Versetzungswunsch nach Österreich nicht entsprochen werden könne. Es gebe nun zwei Möglichkeiten. Ich könne den Demobilisierungsantrag stellen. Oder ein weiteres Jahr an einem anderen Einsatzort dienen. Dann hätte ich fünf Jahre Dienstzeit, wonach die britische Staatsbürgerschaft kein Problem mehr darstellen sollte. Abends besprach ich mich mit den Bowlings. Sie stellten die Frage, ob die Repatriierung nach Österreich eine Option wäre. „Nicht einmal als Toter", entgegnete ich. Dann würden sie mir raten, das eine Jahr noch abzudienen. Der Krieg sei vorbei, es könne nicht mehr viel passieren.

*

In Palästina passierte dann doch noch einiges. Die jüdischen Milizen lieferten sich Scharmützel mit den britischen Truppen. Es geschah viel aus dem Hinterhalt.

Das erinnerte an Wien. Immerhin kam es zu einer Begegnung mit Onkel David, der sehr elegant gekleidet war. Er erzählte, dass mein Vater und er aus einer klassisch überassimilierten Familie stammten. David wäre eine ungewöhnliche Namenswahl für das Kind einer überassimilierten Familie, meinte ich. Der Onkel seufzte. Eigentlich heiße er Horst. Horst klang tatsächlich überassimiliert. Ich erfuhr, dass mein Vater (*der Gustl*) und er sich schon als Kinder nicht sonderlich verstanden hatten. Er selbst sei sechsundzwanzig nach Berlin. Wer damals nicht nach Berlin gegangen ist, habe Entscheidendes versäumt. Als Hitler kam, sei er dummerweise längst deutscher Staatsbürger gewesen, ein Fremdkörper im Volkskörper. Jedenfalls wäre bald klar gewesen, dass die Nazis mehr als eine Fußnote der Geschichte waren. Dafür gehorche und marschiere der Deutsche zu gern. Beim Österreicher treffe gemeinhin nur Ersteres zu. Er habe also hin und her überlegt. Natürlich hätte er nach Österreich zurückkönnen. Aber das habe er nicht gewollt. Wenn schon etwas Neues, dann etwas Exotisches. Nachdem er immer ein wenig Import-Export getrieben hätte, wäre er auch mit dem Nahen Osten vertraut gewesen. Dass es ihn dann nach Palästina verschlug, sei eher ein Zufall gewesen. Mit der Idee des Zionismus habe er nichts am Hut gehabt. Gott bewahre. Er sei also zunächst nach Beirut. Wer in den Dreißigern nicht in Beirut gewesen sei, der habe Entscheidendes versäumt. Er habe mit seinem Freund eine Villa am Meer bewohnt, es sei herrlich gewesen.

„Mit wem, Onkel?“

„Mit dem Mann, mit dem ich zusammengelebt habe. Ich sitze mit Detlef in Beirut, habe mich um die Geschäfte gekümmert, war viel unterwegs. Detlef hat sich gelangweilt. Fatal, denn Beirut war voller Verlockungen: Sunniten, Schiiten, Griechisch-Orthodoxe, Drusen, Maroniten, weiß der Teufel. Und eines Tages komme ich von einer Reise zurück, früher als angekündigt. Es sollte eine Überraschung sein. Die Überraschung war dann für alle Beteiligten sehr unangenehm. Natürlich habe ich Detlef und diesen kleinen Stricher sofort aus dem Haus geworfen. Am nächsten Morgen stand er winselnd vor der Tür. Er habe einen schrecklichen Fehler begangen, es werde nicht mehr vorkommen. Das Übliche. Ich habe dem elenden Goi eine Passage nach Deutschland gezahlt. Beirut war mir danach vergällt. Es ist auch kein rasender Handelsplatz. Und so bin ich nach Tel Aviv. Dort gab es Möglichkeiten. Ich bin dann ins Baugewerbe eingestiegen. Es gab zu wenig Wohnraum und laufend sind Leute aus Deutschland eingewandert. Einige habe ich auf meinen Baustellen beschäftigt. Die Deutschen sind ja die besten Arbeitskräfte der Welt, Titus! Ich habe viele Akademiker beschäftigt. Gebildete Leute. Gute Umgangsformen, pünktlich, fleißig, mit protestantischem Arbeitsethos. Und manche haben sogar den Aufstieg vom Hilfs- zum Facharbeiter geschafft. Ich erinnere mich an einen Volkskundler, der ein sehr tüchtiger Maurer geworden ist. Und ein Sphragistiker hat es bis zum Elektriker gebracht. Arbeitet seit zehn Jahren für mich.“

„Was ist ein Sphragistiker?“, fragte ich.

„Jemand, der sich mit Siegeln beschäftigt. Hochgradig unnütz. Braucht kein Mensch."

Der Satz hätte von meinem Vater stammen können. Ich entdeckte erste Ähnlichkeiten zwischen den Brüdern. Onkel David zog eine Zigarre aus einem Lederetui, zündete sie umständlich an. Rauchwolken ausstoßend sagte er, dass mein Vater versucht habe, ein Ehepaar Stern aus Wien zu holen. Ob mir der Name etwas sage?

*

Ich kannte Wilhelm Stern, ich kannte seine Frau Berta, eine geborene Karpfen aus Krems. Herr Stern war nach Zeugnis meines Vaters der beste Zahntechniker von Wien. Er ließ ausschließlich bei ihm arbeiten. Die sogenannten *Zahntransporte* musste oft ich machen. So auch an dem bewussten Montag. Montage begannen mit Religion, es reichte, wenn ich um neun in der Schule war. Auf den Straßen war es seit Tagen unruhig. Zusammenrottungen, Lastwagen, die mit aufgedrehten Lautsprechern durch die Stadt fuhren. Die anfänglichen *Front-Heil*-Rufe waren einem *Sieg-Heil*-Gebrüll gewichen.

„Hoffentlich wird man sich nicht daran gewöhnen müssen, dass immer irgendwer brüllt", sagte mein Vater hinter seiner Zeitung. „Titus, du musst mir noch etwas vom Stern holen."

Meine Mutter mischte sich ein. Man könne mich bei diesem Aufruhr doch nicht zu Stern schicken.

„Man kann", erwiderte mein Vater, „es spricht nichts dagegen."

Ich nahm die Straßenbahn. Von der Haltestelle zu Stern war es nur ein kurzes Stück. Die Übergaben verliefen nach dem immer gleichen Schema. Frau Stern nahm die Abdrücke entgegen, händigte die Werkstücke aus und vergaß nie, mich mit einem Zuckerl zu beschenken. Ich kann mich noch an die Berührung ihrer klebrigen Finger erinnern. An diesem Tag brach bei der Zuckerlausgabe das Inferno los. Man hörte Schläge gegen die Tür. Unmittelbar darauf stand eine Gruppe von fünf oder sechs Männern im Flur. Sie trugen Zivil und Hakenkreuzbinden. Berta Stern, die keine furchtsame Frau war, forderte sie auf, sich zu legitimieren. Mehr hat sie nicht gebraucht. Die Männer misshandelten sie. Sie misshandelten den alten Stern, der dazwischengehen wollte. Anschließend verwüsteten sie die Örtlichkeit. Danach wurden wir drei gepackt und die Treppen hinunter zum Hauseingang gezerrt. Die Sterns bluteten aus Nase und Mund. Ich wurde von Hämmerlein geführt. Draußen vor dem Haus warteten Schaulustige, etliche Kinder darunter. Ich sah, dass in der Zwischenzeit jemand *Jud* über das Geschäftsschild der Sterns geschmiert hatte. Links von der Eingangstür stieß mich Hämmerlein gegen die Wand.

„Da bleibst stehen", zischte er, „jetzt machen wir eine Schönschreibübung. Rechnen wär dir wahrscheinlich lieber?!" Und zu den Zuschauern gewandt: „Der Jud wird jetzt *Jud* auf die Fassade schreiben." Er drehte sich wieder zu mir. „Knie dich hin!"

Ich hatte entsetzliche Angst. Ich kann das Gefühl eines Menschen nachempfinden, der kurz vor der Hinrichtung steht. Die Todesangst. Ich war gerade fünfzehn geworden. Mit fünfzehn hat man noch keine Macht.

„Titus?“, fragte der Onkel. „Alles in Ordnung?“

„Ich habe die Sterns gekannt. Was ist mit ihnen passiert?“

„Sie sind nach Frankreich, und dort aber interniert worden.“

„Und dann?“

„Auschwitz.“

*

Ich lag mit angewinkelten Armen und Beinen auf der Plane und fröstelte. Die Sonne schien noch immer. Ich nahm die Thermoskanne aus dem Rucksack, goss Kaffee in den Becher. Der Wirt hatte Weinbrand hineingetan. Ich schüttete ihn weg. Nachdem ich die Plane zusammengerollt und alles verstaut hatte, streifte ich mir Handschuhe über. Danach machte ich mich auf den Weg.

Ich erreichte die Mühle eine Viertelstunde vor dem Oberlehrer. Während ich wartete, schnitzte ich einen unterwegs geschnittenen Haselnussstock zurecht. Die Minuten schlichen. Der Lehrer erschien beizeiten. Er wirkte weniger irritiert als verärgert, als er mich erkannte.

„Pünktlich wie immer, Herr Oberlehrer“, rief ich ihm entgegen.

„Natürlich. Pünktlichkeit ist ja die Voraussetzung jeglicher Ordnung.“

„Sagen Sie, was hat es mit der Widmung auf sich, die Sie mir gestern in Ihre Broschüre geschrieben haben?"

Hämmerlein stellte sich ahnungslos. „Welche Widmung?"

„Das Zitat von Hauff. Über die Engländer."

„Ach das!" Er gab sich, als hätte er stundenlang signiert. „Es stammt aus der Erzählung *Der Affe als Mensch*."

„Ich kenne sie nicht."

„Dann sollten Sie sie lesen."

„Vielleicht können Sie mich mit dem Inhalt vertraut machen?"

„Ich muss weiter."

„Wie schade. Ich habe etwas, das Sie interessieren dürfte. Ein Foto aus dem Jahr neunzehnhundertachtundzwanzig. Von der Schubertfeier. Ich müsste mich sehr täuschen, wenn der dirigierende Herr mit den Kindern nicht Sie sind."

Hämmerlein kam mit ausgestrecktem Arm auf mich zu. Ich kramte im Rucksack.

„Oh. Jetzt habe ich das falsche eingesteckt. Aber das könnte Sie trotzdem interessieren."

Der Lehrer griff nach dem Foto, sah es kurz an, gab ein Geräusch von sich, das so klang, als wäre man dem Teufel auf den Schwanz getreten. Er taumelte einen Schritt zurück. Das Bild fiel auf den Boden. Ich sah, dass es Hämmerlein anders wurde, dass er fieberhaft nachdachte, wie er seinen Oberlehrerkopf retten konnte. Ich ließ ihm Zeit.

„Das Alter ist eine Prüfung. Die Gicht, wissen Sie. Die Anfälle kommen ohne Vorwarnung."

„Sie scheinen nicht lange zu dauern“, sagte ich. „Aber Sie haben noch nichts zu dem Bild gesagt. März neunzehnhundertachtunddreißig. Eine andere Feier. Noch größer.“

„Ich kann dazu nichts sagen. Ohne Brille kann ich nichts erkennen.“

„Dann sollten Sie sie besser aufsetzen.“

Er klopfte die Taschen seines Rocks ab. „Ich scheine sie liegen gelassen zu haben. Wohl auf dem Arbeitstisch in der Bibliothek. Im Alter wird man vergesslich, wissen Sie.“

Ich machte einen Schritt auf ihn zu. „Sie haben eine Bibliothek?“

„Für hiesige Verhältnisse, ja.“

„Dann könnten Sie mir den Hauff vielleicht borgen?“

„Haben Sie vor, noch länger in Bruchleithen zu bleiben?“ Er schwitzte.

„Ich bleibe, solange es nötig ist. Und jetzt setzen Sie die Brille auf. Sie steckt in Ihrer Brusttasche.“

Hämmerlein versuchte es offensiv: „Was erlauben Sie sich eigentlich? Wer glauben Sie denn, wer Sie sind? Sie haben keine exekutiven Befugnisse!“

„Sind Sie sich da sicher? Ich an Ihrer Stelle wäre es nicht.“

„Dann fordere ich Sie zur Ausweisleistung.“

„Das Foto sollte Ihnen genügen.“ Er sah mich trotzig an. „Die Brille, Hämmerlein.“

„Ich habe damit nichts zu schaffen. Mein Gewissen ist rein.“

„Hämmerlein.“

„Ich habe mir nichts vorzuwerfen. Ich habe immer nur der Pflicht gehorcht!"

„Sie setzen jetzt au-gen-blicklich die Brille auf und sehen sich dieses Bild an."

„Es ist nicht meine Schuld, dass der Nationalsozialismus die herrschende Ideologie dieser Jahre gewesen ist. Dass man von uns unerschütterlichen Glauben, unbändigen Willen, ungebeugten Opfermut eingefordert hat."

Ich wechselte ins Lehreridiom. „Aufsetzen!"

Der Lehrer blickte furchtsam auf den Stock. Er zitterte, als er nach dem Etui griff, nestelte ewig daran herum, ehe er sie aufsetzte.

„Na also, Hämmerlein. Es geht ja. Sie müssen sich mehr anstrengen. Und jetzt heben Sie das Foto auf. Das schauen Sie sich in aller Ruhe an und dann sagen Sie mir, was Sie darauf sehen. Eine Bildbeschreibung. Das können Sie doch."

Er tat es, schaute lange auf das Bild und sagte: „Das bin nicht ich. Es gibt eine nicht zu leugnende Ähnlichkeit, aber ..."

„Durch Leugnen ist noch nie etwas besser geworden, Hämmerlein. Haben Sie etwas zu Ihrer Verteidigung vorzubringen?"

„Ich habe viel für die Pflege des deutschen Liedgutes getan", brachte er hervor.

„Sonst haben Sie nichts, was Sie in die Waagschale werfen können?"

„Ich habe stets den Weisungen des Wiener Stadtschulrats Folge geleistet. Den Gesetzen der vorgesetzten Behörde gehorcht."

Er hatte wässrige Augen. „Werden Sie mir etwas antun?“ Seine Stimme klang brüchig.

„Geben Sie mir das Foto. Ich denke, Sie wissen, was jetzt kommt. Eine Schreibübung, Hämmerlein.“ Ich gab ihm das Döschen, das ich aus seinem Haus mitgenommen hatte.

„Und der Pinsel?“, fragte er unterwürfig.

„Ja der Pinsel. Ich hatte damals auch keinen. Ich benutzte ein Stück Holz, um das ein Taschentuch gewickelt war. So etwas werden Sie sich jetzt auch machen.“

Hämmerlein las einen passenden Ast auf, zog sein Tuch aus dem Sack, begann es aufzuwickeln. Das Tuch war grau und fleckig. Er hatte es bereits beim gestrigen Vortrag verwendet. Es harmonisierte mit der Farbe seines Gesichts.

„Fester“, sagte ich, „Sie müssen es fester wickeln. Sie bemühen sich nicht, Hämmerlein.“

Hämmerlein bemühte sich. Seine Atmung hörte sich angestrengt an.

„Genau so. Sie können das doch.“

Hämmerlein sah mich angstvoll an.

„Jetzt gehen Sie zur Mühle, knien sich hin und schreiben *Nazi* auf die Mauer.“

Hämmerlein zögerte.

„Welchen Teil der Aufgabe haben Sie nicht verstanden?“

„Block-, Kurrent- oder Druckschrift?“

Druckschrift. Deutlich lesbar.“

Hämmerlein tat, wie ihm gesagt. Er keuchte. Ich machte die Fotos meines Lebens. Ich nahm mir vor, sie in ein eigenes Album zu kleben und *Nemesis* darauf zu schreiben. Hämmerlein hatte den Buchstaben *z* fertig gemalt, als er aus dem Sucher kippte. Ich nahm die Kamera vom Gesicht. Hämmerlein lag am Boden. Ich trat näher. Er atmete nicht mehr. Ich drehte mich um und ging.

*

Die Nachricht von Hämmerleins Tod erfuhr ich tags darauf beim Frühstück. Ich hatte ausgezeichnet geschlafen und war bei gutem Appetit. Zwischen der zweiten und dritten Semmel kam ein Mann in die Wirtsstube. Er bestellte nichts, erzählte, dass man den Hämmerlein gefunden habe. Tot, wahrscheinlich ein Schlaganfall. Als der Mann gegangen war, setzte sich der Wirt an meinen Tisch.

„Was meinen Sie?“

„Wird doch keiner falsch gesungen haben.“

Der Wirt klopfte sich lachend auf den Schenkel.

Ich ließ es mir nicht nehmen, am Begräbnis teilzunehmen. Es gab Indizien, dass der Tod des Oberlehrers von den meisten mit stiller Erleichterung aufgenommen worden war. Es waren keine geröteten Lider zu sehen. Der Sarg war zur Verabschiedung geöffnet worden. Ich warf einen Blick hinein. Das Gesicht des Oberlehrers war verzerrt. Ich legte ihm seine Broschüre auf den Bauch. *Er ist ein Engländer, sagte man, so sind sie alle.*

Der Pfarrer hielt eine Rede, die insofern bemerkenswert war, als Hämmerlein nur am Rande darin vorkam.

Sie begann mit dem Satz „Als Herr der Kernenergie steht der Mensch geblendet an der Schwelle eines neuen Zeitalters“ und dauerte ziemlich lange.

Nachdem der Verschiedene der Gnade Gottes empfohlen worden war, sangen die vier Gefolgsleute Hämmerleins ein Lied. Es klang recht dünn. Am Grab ergriff dann noch das Männlein, das beim Vortrag hinter mir gesessen hatte das Wort.

„Nichts wachse ohne Wurzel“, sagte es, „nichts Rechtes gedeihe ohne Heimat.“ Der Oberlehrer sei tief in der Scholle Bruchleithens verwurzelt gewesen, so tief, dass ihm auch die geistige Dürre der herrschenden Jahre nichts anhaben konnte. Das Vorausgehen des Herrn Oberlehrers in die ewige Heimat sei ein Verlust für Bruchleithen, ein Schlag für die Schubertforschung. Sein Ableben reiße eine klaffende Lücke und so weiter und so fort. Es war das übliche nisi bene, gespeist von der Angst vor der Rückkehr des Toten. Interessant wurde es erst nach dem Hinweis, dass es dem Herrn Oberlehrer nun nicht mehr vergönnt gewesen wäre, im November den hundertdreißigsten Todestag von Schubert zu erleben. Er hatte sich schon darauf gefreut, diesen festlich zu begehen. Aber, wie noch dem Menschen der Schubertzeit selbstverständlich, habe der Herr Oberlehrer die innere Gewissheit gehabt, wann es ans Sterben gehe. An diesem Tag habe er sich wie alle Tage zu der ehemaligen Mühle aufgemacht. Ein Ort, von dem er fest annahm, dass Schubert einmal dort gewesen sei. Eine Vermutung, die von der Fachwelt leider ungeteilt blieb. Die Gewissheit des eigenen Todes vor Augen, habe er dann auf sehr eigenwillige Weise sein letztes Wort hinterlassen. Das Männlein machte eine Pause.

„Naz."

Denn auch wenn es von den Jungen niemand mehr wisse, habe der Herr Oberlehrer mit Vornamen Ignaz geheißen und sei als Kind *Naz* gerufen worden. Sein letztes Wort werde als schlichtes Bekenntnis zu Schubert und der Heimat im hiesigen Schubertbund eingehen.

Das ist der Nachruhm, den du verdienst, dachte ich, als ich etwas von der torfigen Erde auf den Sarg fallen ließ.

Nach dem Leichenschmaus reiste ich ab. Der Wirt ließ es sich nicht nehmen, mich in die Bezirkshauptstadt zu bringen. Er war aufrichtig betrübt. Selbst wenn noch einmal ein Krieg käme, werde man ihn nicht mehr einziehen. Er würde nie mehr hinauskommen aus diesem Bruchleithen. Ich solle es besser machen. Das versprach ich gerne. Er schenkte mir zum Abschied eine Flasche Kranewitter.

Wien

In Wien erwartete mich Paula. „Waschen Sie sich das Moos aus den Haaren. Und dann kommen Sie. Beeilen Sie sich. Ich platze vor Neugierde."

Beim Abendessen erzählte ich ihr von Bruchleithen. Paula unterbrach mich kaum.

„Eine gute Geschichte", sagte sie, als ich geendet hatte. „Sie sollten sie aufschreiben. Apropos schreiben. Sie haben Post bekommen." Sie gab mir eine Karte aus Blackpool. Die Nachricht beschränkte sich auf eine Zeile:

Ziehe zu Bob. Mit Gruß, Helene.

Paula sah mich aufmerksam an. „Eine schlechte Nachricht?"

„Im Gegenteil. Eine gute."

„Einen Brief gibt es noch."

Ich überflog das Schreiben, las *Rom, Fellini, Visconti, Pasolini, Agha Khan, Sardinien, unbedingt kommen, wenn die Angelegenheit in Wien erledigt ist.* Rupert.

„Das ist alles?", fragte ich.

Paula lächelte, als sie mir das Briefbündel überreichte. „Ich möchte wissen, wann die Erika eigentlich arbeitet. Das kann sie unmöglich alles in ihrer Freizeit geschrieben haben. Sie werden viel zu lesen haben. Nun, es ist ja auch eine lange Fahrt."

Ich war wie betäubt.

„Wenn Sie sich beeilen, erreichen Sie noch den Nachtzug nach Brüssel."

Ich sprang auf. „Rufen Sie ein Taxi!"

„Ist schon bestellt. Es wartet draußen. Titus?"

„Ja?"

„Willkommen im Leben."

Jud

DANKSAGUNG

Mit einem Roman verhält es sich wie mit einem Golem, den man auf Reisen schickt. Im besten Fall trampelt er ein begeistertes Publikum nieder. Das Geschöpf muss man selbst formen, aber an der Zauberformel, die ihn zum Buch materialisiert, schreibt man nie allein.

Ich stehe in der Schuld von p. t.: Saskia Etschmaier, Petra Hofer, Gerhard Jagschitz, Anita Luttenberger, Ronald Moore, Theresia Pfannhauser, Michaela Pfundner, Margarethe Szeless und Annie Weich. Ihnen verdanke ich wichtige Ratschläge, Hinweise und Auskünfte.

Mein Dank gilt meiner Frau. Sie hat das Buch nicht nur von Anfang an begleitet und kommentiert. Sie hat darüber hinaus alle Fährnisse, die das Zusammenleben mit einem Mann, in dem die Dämonen des Schreibens wüten, souverän gemeistert und niemals nach dem Exorzisten gerufen. Ihr ist dieses Buch gewidmet.

Obwohl sich der Roman auf wahre Begebenheiten bezieht, ist er ein Werk der Fiktion. Das gilt insbesondere für alle darin vorkommenden Personen. Ihre Handlungen und Ansichten entspringen der Imagination des Autors.